"沙啊啊啊啊啊啊啊！"

§ *The Life Harvester*
名称意为"收获生命之人"的异形巨兽。
外形让人联想到曾在"艾恩葛朗特"第
七十五层蹂躏了攻略组的精英玩家们的
"The Skullreaper"。

§穆达希娜

"假想研究会"的领队。
利用窒息魔法"不祥之人的绞环"
控制了上百名玩家。
目的是攻略Unital Ring。

"'黑衣剑士'桐人、'闪光'亚丝娜。
若你们愿意发誓对我效忠,就把剑柄递给我。"

"——到此为止了吗？"

§ 桐人

引导SAO走向通关，为Under World带来和平的少年。
与伙伴们一起建立了拉斯纳里奥镇，目标是攻略Unital Ring。

"能再次见到各位,我真的太高兴了!"

§ 史蒂卡

尤吉欧曾经的侍从剑士蒂洁·修特利尼的子孙。与罗兰涅一样,是两百年后守护Under World的整合机士之一。

§ 爱丽丝

Under World的整合骑士,世界上第一款真正的通用人工智能。即便是在两百年后的Under World里也以"金桂骑士"之名闻名于世。

"这虽然是游戏,
但可不是闹着玩的。"

——"SAO 刀剑神域"设计者·茅场晶彦

SWORD ART ONLINE
UNITAL RING IV

REKI KAWAHARA

ABEC

BEE-PEE

图书在版编目（CIP）数据

刀剑神域. 025, Unital Ring. Ⅳ /（日）川原砾著；（日）abec绘；徐嘉悦译. —— 广州：花城出版社，2021.10

ISBN 978-7-5360-9473-4

Ⅰ.①刀… Ⅱ.①川…②a…③徐… Ⅲ.①长篇小说—日本—现代 Ⅳ.①I313.45

中国版本图书馆CIP数据核字(2021)第165882号

合同版权登记号：图字 19-2021-169 号
原著名：《ソードアート・オンライン25 ユナイタル・リングⅣ》，著者：川原礫，绘者：abec，设计：BEE-PEE
SWORD ART ONLINE Vol.25 UNITAL RING Ⅳ
©Reki Kawahara 2020
Edited by 电击文库
First published in Japan in 2020 by KADOKAWA CORPORATION, Tokyo.
Simplified Chinese translation rights arranged with KADOKAWA CORPORATION, Tokyo.
Translation copyright ©2021 by Guangzhou Tianwen Kadokawa Animation & Comics Co.,Ltd.
本书中文简体字翻译版由广州天闻角川动漫有限公司出品并由花城出版社出版。未经出版者预先书面许可，不得以任何方式复制或抄袭本书的任何部分。

本书为引进版图书，为最大限度保留原作特色、尊重原作者写作习惯，故本书酌情保留了部分外来词汇。特此说明。

出 版 人：	肖延兵
责任编辑：	欧阳佳子 詹燕纯
技术编辑：	薛伟民　林佳莹
特约编辑：	张　妍
装帧设计：	杨　玮

书　　名	刀剑神域 DAO JIAN SHEN YU
出版发行	花城出版社 （广州市环市东路水荫路11号）
经　　销	全国新华书店
印　　刷	中华商务联合印刷（广东）有限公司 （深圳龙岗区平湖镇春湖工业区中华商务印刷大厦）
开　　本	787毫米×1092毫米　32开
印　　张	6.5　4插页
字　　数	148,000字
版　　次	2021年10月第1版　2021年10月第1次印刷
定　　价	36.00元

版权所有 侵权必究
本书如有印装质量问题，请与广州天闻角川动漫有限公司联系调换。
联系地址：中国广州市黄埔大道中309号 羊城创意产业园3-07C
电话：（020）38031253 传真：（020）38031252
官方网址：http://www.gztwkadokawa.com/
广州天闻角川动漫有限公司常年法律顾问：北京市盈科（广州）律师事务所

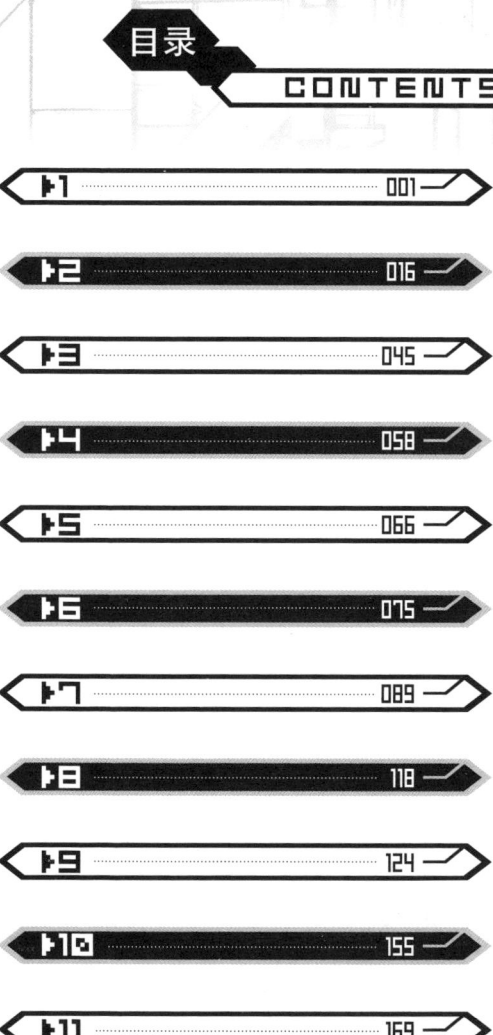

1

VRMMO-RPG *Sword Art Online*的舞台——浮游城艾恩葛朗特里存在着许多头目级怪物。

它们大致上分为两个种类:一种是盘踞在野外要地的野外头目,另一种是守在迷宫塔最顶层的迷宫头目。高级头目怪物的名字还带有定冠词"The",玩家们都称其为"带The的头目",对其心生恐惧。

但是,没有多少玩家知道这些带了定冠词的头目当中也有等级分类。

例如把我和莉兹贝特打进一个深坑里的第五十五层野外头目"X'rphan the White Wyrm",以及我在第七十四层和亚丝娜还有克莱因一起打过的迷宫头目"The Gleameyes",前者的定冠词前有专有名词,但后者只有后面接着一个意为"发光的眼睛"的复合名词。所有"带The的头目"都可以按有无专有名词分成两类。

这样听着像是带有专有名词那类更高级,但事实是正好相反。究其原因,是游戏里有这么一个设定:那些没有专有名词的头目光是口头提起都令人生畏,结果导致原本存在于"The"前面的名称在漫长的岁月中逐渐被人遗忘了。

实际上,每次让我感到"这次可能挺不过去了"的头目级怪物基本都属于这一类。青眼恶魔"The Gleameyes"如此,潜伏在第一层地底下的死神"The Fatal-scythe"亦然,而曾在第七十五层迷宫塔蹂躏攻略组精英队伍的迷宫头目名称里也没有专有名词。

它的名字是"The Skullreaper",骸骨猎杀者。

我一边回忆这个至今仍然渲染着恐怖和战栗的名字，一边低声说：

"亚丝娜……你也觉得是那家伙吗？"

闻言，倒在我身边的亚丝娜轻轻点头道：

"嗯……虽然不是骸骨，个头也大了一倍，但……那应该是第七十五层的头目吧……"

既然我们俩都这么认为，那就不是纯粹的偶然了。

深夜的狂风在草原上掀起波浪，那只异形巨兽——调整版的Skullreaper正从草原另一边俯视着我们。

这只人面蜈蚣全长大概有二十米，身体被黑得发光的甲壳和厚实的肌肉包裹着，长出了无数只脚，尾巴像长枪一样锋利，两只前肢成了又粗又长的弯曲镰刀，往后方延伸的脑袋上长着四只发出深红色光芒的眼睛，还有一张能朝四方张开的大嘴。

浮现在人面蜈蚣头顶的纺锤状光标上足有三段血条，下方用英文字母表示着其名称——"The Life Harvester"，收获生命之人。若能剥光那只蜈蚣的甲壳和肌肉，只留下骨头的话，它就会变得和The Skullreaper一模一样——正如亚丝娜所说，两者个头有很大差别就是了——应该吧。

"难道是在艾恩葛朗特坠落的同时，那家伙也从第七十五层掉下来了？！"

听到我的话，这回换亚丝娜摇了摇头说：

"阿尔戈小姐不是说了吗？她们被那家伙追了三十公里，这再怎么说也太远了，也没法解释它身上为什么会有肌肉和铠甲啊。"

"说得……也是啊。话说回来，ALO新生艾恩葛朗特的楼层头目都是从SAO那边改编的来着。"

话音刚落，便有一道仿佛岩石相互摩擦的奇怪呐喊声传到了耳边。

"沙啊啊啊啊啊啊啊！"

"夺命者"高高举起两手的镰刀，像是受那声咆哮诱发，紫色闪电正在上空的乌云间流窜，过了一小会儿就传来了一阵低沉的雷鸣声。雨在不知不觉间停了，闪电却没有停歇的迹象。

"桐人，要怎么办？！"

倒在不远处的爱丽丝这么喊道。其他伙伴——莉兹贝特、莉法、西莉卡、诗乃、阿尔戈、结衣、克莱因、艾基尔和他的太太翠西，以及十九名与她同行的Insecsite玩家，还有"棘针洞穴熊"米夏和"背琉璃暗豹"阿黑，似乎都在等我做出判断。

是战斗，还是逃跑？

老实说，就是开打我也不觉得能赢。Life Harvester右前臂那把镰刀横扫过来时，我、亚丝娜、莉兹贝特，以及从Insecsite来的独角仙和锹形虫一共五人同时格挡，也一下子就被打飞了。我的铁制胸甲和左手护腕近乎粉碎，少了近六成HP，爱丽丝她们的情况也都差不多。

这一记镰刀横扫并没有光效，也就是说，这只是一次普通攻击。集五人之力都无法抵挡，就说明双方在能力值上有着令人绝望的、无法以玩家技巧填补的鸿沟。多挑战几次，摸清对方的行动模式后或许会有转机，但这个游戏——Unital Ring并不允许我们这么做。毕竟只要死上一次，我们就会被永久逐出这个世界。

这时我们应该选择逃跑——前提是逃得掉。

然而这个前提条件很难满足。若"夺命者"真的追了阿尔戈等人三十公里，那么它应该是被赋予了非常强力——强到令人难以相信这是游戏里的怪物——的追踪算法。只有两个办法能摆脱这种怪物的追踪，要么逃进一个它无法进入的地方，要么把它的目标引到其他玩家身上。

打个比方，前者可以跑上断崖绝壁、跑进洞窟或受保护的城镇，但现在周围只有森林和草原，而且我们的"桐人镇"……不，拉斯纳里奥是我们自己建造的城镇，并不具备阻挡怪物的系统障壁；就算选后者，这一带也只有我们这些人，而我也不想选这条路。

"夺命者"挥舞着左右两把镰刀，开始划拉无数此起彼伏的步足，朝我们移动。没有时间发愁了，不管是要逃跑还是战斗，如果不立刻做出决定，我们就会全军覆没。脑中浮现"全军覆没"这个词的瞬间，就有一阵仿若虚拟形象结冰的战栗向我袭来。

要是能摸清怪物的攻击模式……

无声的呐喊化作一道白色闪光在大脑里奔走……又"啪"的一下迸出火花。

不，等一下。我不是摸清了吗？假如"夺命者"就是裹上了肌肉和铠甲的Skullreaper，那我和亚丝娜可以算是和它打过一次了。虽说那是将近两年前的事，但在生死存亡之际不停挥剑的记忆是不可能消失的。

"亚丝娜！"

我用力抓住她那纤细的左肩喊道：

"你还记得Skullreaper的攻击模式吗？！"

那双榛子色的眼眸随即睁大，但很快就燃起了坚毅的光芒。

"嗯，我记得。"

见亚丝娜说得这么肯定，我再次握紧她的肩膀说：

"好，那就由我和亚丝娜来应付所有镰刀攻击吧。只要能让剑技同时打中它，应该就可以抵消那股力量了。"

亚丝娜好像早已料到我会这么说，绷紧了在黑夜里仍显白亮的脸庞，轻声回道：

"可是在对付Skullreaper的时候,有一边镰刀是团长一个人扛住的。"

她所说的团长是"血盟骑士团"公会的首领,人称"神圣剑"的希兹克利夫。他拥有攻略组玩家中首屈一指的防御力,也正因为当时他挡住了一边的镰刀,我和亚丝娜才能撑到最后。这一点是无可否认的,但根据我的记忆——

"Skullreaper两手的镰刀不会同时发起攻击,在挥舞一边镰刀之前,它一定会把另一边的镰刀搭在胸前。只要看准这个举动,要靠我们两个应付两把镰刀也不是很难。"

"好吧。"

回应来得很快。大概是因为她也下定决心了吧——既然无法逃跑,那就只能战斗了。我们朝彼此点了点头,从腰间的皮包里拿出小瓶的恢复药水……不,是恢复茶,双双一饮而尽。确认HP逐渐恢复的图标亮起之后,我猛地站起来说:

"各位,开打吧!"

话音刚落,原本蹲在草丛里的伙伴们也陆续起身了。

"这只'夺命者'和艾恩葛朗特第七十五层的Skullreaper是一样的!前面的镰刀攻击交给我和亚丝娜解决,克莱因负责指挥左侧攻击,右侧就拜托艾基尔和Insecsite组了!结衣用魔法攻击,米夏和阿黑保护结衣!"

身为攻略组玩家,经历过Skullreaper一战的艾基尔和克莱因很有气势地"噢"了一声来回应我这一连串指令。按照两人的指示,爱丽丝和海米等人迅速分列左右,组成阵形,结衣和两只宠物则与他们拉开一段距离,充当游击军。

"沙咻咻……"

The Life Harvester貌似感应到了我们的斗志,暂时停下脚步,眯起了四只眼睛，又发出低沉的咆哮声，像是在嘲笑远比自己渺小的一群生物。

但在下一瞬间，它就撕裂着脚下的草，猛地冲来了。我承受着无与伦比的压力，对亚丝娜喊道：

"我们上！"

"嗯！"

我们的对话方式仿佛回到了SAO时期那样。我说完就踩蹬地面，迅速缩短和The Life Harvester之间的距离。间距刚缩小到十米以内，就见"夺命者"把右边的镰刀拉到胸前，又将左边的镰刀猛地横向一挥。

我已经深刻理解镰刀攻击是无法靠武器格挡的了，要想挡下来，就只能两人同时使出剑技。

"同调剑技"，即让剑技同时命中，是在SAO开发，如今传承到ALO玩家身上的系统外技能。与简单的原理相反，它对玩家技巧的要求相当高。这是因为剑技多如繁星，且发动所需的时间、斩击速度都各不相同，即便可以同时发动，命中时机也很容易出现偏差，这样一来就无法达到威力相乘的效果了。

可是，若能分秒不差地同时让剑技命中，一加一的结果有可能变成三，甚至是四。剑技还具备普通技能所没有的强力击退效果，因此我们两个应该能挡住可以一口气轰飞五个人的镰刀攻击。至少在对付Skullreaper的时候是行得通的。

紧接着，我发动了单手剑的单发竖斩技"垂直斩"，大约零点二秒后，亚丝娜也发动了细剑的单发突进技"线性攻击"。

"同调剑技"难以成功的原因还有一个，那就是剑技的轨道不能与同调对象的剑技或身体重合。举个例子，倘若我发动的不是"垂直斩"，而是横斩技"水平斩"，就会在命中"夺命者"的镰刀之前先砍到右边的亚丝娜，所以必须时刻掌握伙伴的位置和姿势，选择最合适的技能。

"沙啊啊啊！"

巨型镰刀劈裂空气的低沉轰鸣与咆哮声同时响起。

我的长剑和亚丝娜的细剑分别发出色调有些不同的蓝色光效，撕裂了黑暗。两把剑的剑尖撞上了镰刀的刀锋。

锵！一道惊天动地的碰撞声压迫着听觉。

一股强烈的反作用力从剑尖传到右手，经过手肘、肩膀，一直贯穿至脊骨。

还没……还没被轰飞，但敌人的镰刀也纹丝不动，双方刹那间陷入了胶着状态。我甚至在全力使出不存在于这个世界的心意力，试图把镰刀压回去。

突然，我感到大脑中心好像就要裂开了——不仅是我自己的长剑，就连传到亚丝娜的细剑上的压力我都感觉得到。我们无须言语和视线交流，思想便达成了一致。

"噢噢噢！"

"喝啊啊！"

两人同时一鼓作气，绞尽了剑技所产生的最后一丝威力。

光效在发出一道更为炫目的光芒之后就消失了。我和亚丝娜的武器都被弹了回来，身体也失去了平衡。

不过，"夺命者"的左边镰刀也被推向后方了。

——格挡成功了！

在技后硬直期间，我和亚丝娜瞬间进行了眼神交流，互相传递想法。我们接下来的任务就是在伙伴们把三段血条削完之前一个劲儿地重复刚才的操作。

在我们的硬直状态解除之际，人面蜈蚣也把后仰的身子给扳了回来。

这次它收起了左边镰刀，将右边镰刀高高抬起，还不是横扫，而是狠狠劈下的攻击。这一击不必用剑技抵挡，但若是被直接劈中就会当场死亡，就算能回避，也会受到溅射伤害，继而倒地。

"桐人，还没结束！"

我还在抬头看着"夺命者"的镰刀，用一声"嗯"回应了亚丝娜的低语。那黑得发光的刀锋微微晃动，仿佛是在迷惑我们——接着就忽然以肉眼都看不清的速度挥了下来。它的目标是亚丝娜。

"是你那边！"

在我大喊出声的时候，亚丝娜已经蹬地前冲了。我也奋力一跳，落在亚丝娜跟前，半蹲下身子，做出防御姿势。

很快，镰刀猛地撞到地面上，发出了爆炸般的声响。冲击波特效呈放射状将草劈碎，径直朝我们袭来。在被吞噬的瞬间，我就感觉到了一阵强烈的冲击，但还是勉强撑住没有倒地，HP也没有减少。

"桐人，你不用保护我的！"

身后的亚丝娜这么说道，我边站起来边反驳：

"凭你的皮革防具，很难完全防住刚才那种溅射伤害的！"

"嗯……"

即使声音里带有不甘，但亚丝娜还是立刻承认了这个事实，这就是她的强大之处。我全身上下都装备着"上等铁制"系列的防具，而亚丝娜只有轻便的胸甲、护腕与护腿，若她能做好防御，或许可以避免倒地，但有些伤害是始终无法避免的。

"夺命者"往左右两边转了转插入地面一米多深的镰刀，用力拔出。我注视着它这个举动，快速做出指示：

"如果是刚才那招下落攻击，就尽量退到我身后！"

"明白——它来了！"

人面蜈蚣拔出右边的镰刀之后就直接将它拉向后方了——又是一记横扫。

我一边准备发动剑技，一边往蜈蚣的侧面瞥了一眼，确认战况。

在我这里看过去的右边，爱丽丝和莉兹贝特等人正在克莱因的指挥下向一排二十只以上的步足发起猛攻，左边的艾基尔和Insecsite组成员也是。有好几只步足已经被砍断了，但"夺命者"不时会用力挥舞尾巴上的长枪，必须看准它的前置动作，迅速趴在地面上，不然就会受到很大的伤害。我相信克莱因和艾基尔能毫无纰漏地做出指示，于是再次把注意力集中在镰刀上。

又是一记横扫攻击……不，后拉幅度有些小，这是……

"是假动作！"

听到亚丝娜的声音，我就全身向右转，这才发现左边的镰刀已经动起来了。在艾恩葛朗特第七十五层，我就中过这个假动作的圈套，差点丧命。但多亏有希兹克利夫的指示，我还勉强来得及接下这一招，当时我是打从心底感谢他的，可是说到底，Skullreaper也是这个男人——茅场晶彦创造出来的怪物。

"夺命者"迅速收回佯装要攻击的右边镰刀，同时用左边镰刀横扫而来，轨道位置比第一次稍高了一些。我用一招"斜斩"，亚丝娜也使出斜刺技"条纹突刺"接住了这一击。

短短一瞬间，我与亚丝娜共享五感般的感觉又出现了。我们连成一气，将镰刀挡了回去。

与"The Skullreaper"战斗时也是这样。我和亚丝娜无须言语交流就能将想法传达给对方，零失误地持续使出同调剑技。自那一战之后已经过了很长一段时间，游戏世界、武器还有能力值都和那时不一样了，但连接着我们的纽带依然存在。那么，这次也一定能赢。

——桐人，右边！

——我来接住！这里！

我自己也不知道这是言语还是精神上的交流，我们相互配合，一同挥剑。

每重复一次迎击，杂念就会逐渐消失。那种一旦失手就会丧命的恐惧、不知要坚持到什么时候才能击倒对方的焦躁也蒸发了，与亚丝娜合而为一，专心致志做出最合适的动作——唯有这种快感能满足我。

这就是所谓的出神状态吧。

随着已经数不清是第几次的凶狠咆哮，"夺命者"将左右两边的镰刀呈水平方向拉开至最大限度。在至今为止的战斗中，包括在SAO时期，我都不曾见过这种模式。

假如我和亚丝娜都处于正常状态，应该还能察觉到即将来临的未知攻击，退到镰刀的攻击范围之外吧。

然而我们刚才是半自动地连续接招的，为了从出神状态中清醒，恢复思考能力，我们耗费了宝贵的零点五秒。

两把高举过头的镰刀放出深红色的闪光，这是Skullreaper不具备的特殊攻击手段——我们来不及闪避了。单凭我和亚丝娜的力量，也根本不可能各自挡下那两把提升了威力的镰刀。

"桐人——"

亚丝娜沙哑的嗓音和伙伴们悲鸣般的尖叫声重叠在了一起。

我正想孤注一掷，趴到地上——不，与其这么做……

"前面！！"

我大喊一声，用右手按住亚丝娜的后背，然后和她同时起跳。

镰刀带着仿佛在燃烧般的光辉从左右两边逼近。被打中就会当场死亡的不祥预兆刺得我发疼，使我拼命地往前冲。

"夺命者"的胳膊长约三米，前端连接着一把长达五米的镰刀，它的前肢就由这两者组成。只挥动一边的镰刀时，它会把另一边的前肢收到胸前，以免发生碰撞，可它现在同时挥动了两把镰刀。单薄的刀刃可以交叉在一起，但粗壮的手臂还是会相互干涉。这样一来，它身体的正前方就会形成一点点空隙。

如果没有，我和亚丝娜就会死在这里。

两把交叉的镰刀逐渐朝奔跑的我们逼近，身后传来了刀刃的摩擦声，还有"沙啊啊啊啊"的叫声。眼前则有一副被蓝黑色甲壳包裹着的庞大身体，在对付Skullreaper的时候，一旦有个万一，它身下还有一个只容一人藏身的空间，但"夺命者"腰间有四根逆棘般的凸状物延伸至地面附近，堵住了那些空隙。

"贴上去！"

我喊完就朝那些凸状物侧面跳去，亚丝娜也让身体紧贴在上面。镰刀继续从后方朝我们追来——

咣！一阵低沉的声音响起。

转身一看，两边前肢的关节部分撞到了一起，把我和亚丝娜关进了一个小小的三角形里。

"沙啊啊啊啊！！"

那咆哮声里充满了怒意。我一抬头就看见"夺命者"把异形的嘴张到最大，怒视着我和亚丝娜。飘浮在它脑袋上方的血条已经只剩最后一段，余量也只有两成左右了——伙伴们从侧面努力地削减了它的HP。为了不让大家的奋斗付诸东流，我必须将这场战斗引向胜利。

"沙咻！！"

"夺命者"再次发出了咆哮。咔吱，咔吱……它碰响前肢的关节部位，还在我和亚丝娜头顶不停地张合着大嘴，但那坚硬的甲壳缩小了身体的可动范围，使它够不着紧贴在腰间的我们。假使它要往前冲，我们也不得不移动，但在克莱因他们的努力下，它失去了大部分步足，光是支撑庞大的身躯就费尽全力了。

"桐人，机会来了！"

亚丝娜突然大喊道，架好了细剑。我明白了她的意思，也将长剑举到右肩上。

"沙啊啊啊！！"

就在第三次咆哮声响起的瞬间——

我和亚丝娜对准几乎是头顶正上方的位置，分别发动了跳跃剑技"音速冲击"、突进剑技"流星"，同时全力跳起。虚拟角色的跳跃能力和系统辅助让我们以现实世界中不可能存在的势头腾空而起。

长剑和细剑拖出两种颜色的轨迹，贯穿了朝着上、下、左、右四个方向张合的大嘴。

蓝白色的闪光越发膨胀，形成一道光柱，从四只眼睛的内侧冲出。甲壳的龟裂处和关节处也有光芒漏出，还在搏动——继而爆炸。

"夺命者"的头部挥洒出蓝色的火焰，身体大幅后仰，我和亚丝娜也以后空翻往后跳去。我们双双落地后确认了敌方血条，还剩一成不到。

我觉得所有人一起上能将它解决，便深吸一口气，准备做出全力攻击的指示，但赶在我出声的前一刻，"夺命者"发出了迄今最大的怒吼声。

"沙吼吼啊啊啊啊！！"

四只受损且失去了光芒的眼窝燃起了黑红色的火焰。它失去

了八成以上的步足，剧烈地扭动着身体，尾巴上的长枪也往地上甩了两三遍。这是……濒死的头目怪物舍弃此前的所有行动模式，大肆乱来一通——所谓的"狂乱状态"的前兆吗？

若在场所有人舍弃防御，合力发起攻击，或许能将它余量不足一成的血条削光，但万一它在我们攻击完后还留有HP，哪怕只有一点点，也可能发起反击，一举消灭我们。此时应该先拉开一段距离，等上一段时间再进攻吗？

可是，我和亚丝娜都无法保证能再次避开刚才的双镰刀夹击，此前的战术也是因为我们吸引了"夺命者"的注意力才得以成立的，要是它将目标转向伙伴们，搞不好会让队伍就此瓦解。

——好不容易走到这一步，居然无计可施了吗？

我恨恨地咬牙切齿道。就在这时——

"ℵℵℵℵℵ！"

位于战场西侧的森林传来了一阵熟悉的高亢滋滋声。

我立刻回头望去，看见一些个子明显比人类小的影子陆陆续续地从树丛冲了出来。是新的怪物团体吗？不，那是原本留在拉斯纳里奥镇里的鼠人型NPC——帕特尔族人。总共有十只……不对，是十人，他们左手都拿着铁制干草叉，右手则握着用木头削成的粗糙长枪。

领头那位看着像是女性的人再次大喊道：

"ℵℵℵ！！"

在这声号令下，十人一齐掷出了右手上的木制长枪。长枪以无法想象是从那些矮小的身体里迸发出来的气势飞出，陆续击中"夺命者"的头部。虽然有一半被甲壳弹开，但剩下的一半都刺进它的肌肉里了，削去了它大约百分之三的HP，还剩百分之五。

"沙啊啊啊！"

"夺命者"发出愤怒的吼声,将仅剩的少量步足扎进地面,改变了身体的朝向。它明显是盯上帕特尔族人了,不过身材矮小的鼠人们转而用双手握紧干草叉,稳稳地站在了原地。

　　紧接着是另一个声音响起:

　　"ℵℵℵℵℵℵ!!"

　　森林里又有好几个影子跑了出来。这次是人类——但不是玩家,是和帕特尔族一样移居到拉斯纳里奥的NPC——巴钦族人。跑在前头的高个子女战士伊塞尔玛看着我,大喊了一句:"ℵℵℵ!"

　　我还没有习得帕特尔语和巴钦语技能,却凭本能明白了她在说什么——大概是"你小子在害怕吗"或者是"一起上吧"。

　　事情到了这一步,就没有撤退这个选项了。只能是所有人毅然发起全面攻击,要么大获全胜,要么全军覆没。

　　我再次朝丹田吸气,挥起右手的长剑吼道:

　　"所有人,全力攻击!!"

　　"哦——!"

　　众人的呐喊声与"夺命者"的咆哮声完全重合了。

2

"原来昆虫们吃的东西也和我们一样啊……"

听到坐在右边的莉法如此低语,我不禁连连点头。

在拉斯纳里奥北区那块挨着宠物厩舍的空地上,玩家加NPC总共六十多人围坐成了一个巨大的圆圈。这片扇形空地预计将建成大规模的农园,长约三十米,宽度也有十五米左右,所有人坐下来后还有很多空间,但前ALO组(其中一人是前GGO组)、前*Insecsite*组、巴钦族和帕尔特族无规律地一起围坐在巨大篝火旁边的场面很有压迫感。

尤其是前*Insecsite*组,他们的虚拟形象并不完全是人形,脸孔也是蝗虫、螳螂和独角仙的模样,看起来相当恐怖。原本应该喝着树汁、啃着小草的昆虫,现在竟用可怕的大颚狼吞虎咽地吃着刚烤好的肉块,简直就是惊悚电影里的画面。

"那些人的嘴巴里是什么样的呢……"

坐在我左边的爱丽丝这么问道。在莉法右边喝着类似啤酒的饮料的艾基尔轻声回答了她:

"战斗的时候我看到了,和人类的一模一样。"

这个答案让爱丽丝露出了难以言喻的表情,我也忍不住嘀咕了一句"好可怕"。

不过,要是游戏里的口腔构造与现实严重脱节,那不协调感也太强了。以前我也曾在ALO变身成像狼一样嘴巴往前突出的恶魔,将某个玩家整个咬住,但我记得,当时还费了一些工夫才将对方衔住。

幸好现场没有小孩子，不会因为看到撕咬肉块的巨型蝗虫而大哭。现在时间是9月30日晚上9点20分，帕特尔族人所生的五个孩子似乎都在东区的居住地睡着，而移居过来的十个巴钦族人之中没有小孩。

不，Unital Ring世界里的NPC会根据居住地的容量调整人数——假如结衣这个推测是对的，那说不定再过不久，巴钦族中也会有孩子诞生。可是这座小镇明晚就会变成战场，可以的话，我还是希望他们把生孩子的事往后挪一挪，还得想好出了状况也能让帕特尔族的孩子逃出小镇的方法。为此，我也差不多该学会巴钦语和帕特尔语了……

在我思考着这些事的时候，巴钦族组长伊塞尔玛用两手抱着一个巨大的盘子，慢吞吞地朝我走来。看样子是喝了不少酒，那红彤彤的脸上浮现着爽朗的笑容。她"咚"的一声把盘子放在我面前，就地坐下，嚷嚷了一声："אא！"当然了，我听不懂是什么意思。

那个直径约七十厘米的盘子上有一块厚实的肉扒，正发出"滋滋"声。那只是将篝火烤过的肉切开的简单料理，却散发出了从未在这个世界里闻过的、具有民族特色的浓郁香味，或许是伊塞尔玛她们用了从巴钦族的村子带来的某种香辛料吧。

"אא！"

伊塞尔玛再次用力挥起右手喊道，我将那句话解释为"快吃啊"，将木制的叉子扎进肉扒。一拿起这块直径约三十厘米、厚约三厘米的肉扒，就有大量的油脂和肉汁流了下来。

这块肉看着和闻着都觉得好吃，但要下嘴还是有些心理障碍。毕竟这是野外头目——超巨型人面蜈蚣The Life Harvester的肉。

大约三十分钟前，进入狂乱状态的"夺命者"一路猛冲而来，我们展开了孤注一掷的全力攻击。数十种剑技散发的闪光包围了"夺命者"，它也高高扬起了两把镰刀和尾巴上的长枪。最糟糕的结局就是那致命的反击将我们所有人一波带走，但我在跳跃中发动的三连击技"锐爪"改写了这个结局。当第三击撕裂"夺命者"的心窝，削光它三段血条时，我的肾上腺素分泌过多，差点就触发了AmuSphere的安全措施。

正因为"夺命者"是一个超级强敌，我们才获得了大量经验值和掉落的道具。掉落最多的是肉，其次是甲壳，再次则是骨头。尤其是肉，多到在场所有人的道具栏都塞满了也运不完，正当我发愁该怎么处理这些肉的时候，伊塞尔玛理所当然似的给出了举办庆祝会的提议。

篝火旁边堆着如山的肉块，巴钦族人手法利落地切肉、串肉，撒上香料并烤炙，Insecsite组和帕特尔族人还有克莱因都开心地吃着刚烤好的肉，但我总会想起"夺命者"那个异形的模样，还是有些敬谢不敏……我更想尝尝亚丝娜和结衣用拿手的烹饪技能做出来的炖菜……想着这些时，伊塞尔玛就出现了。

我往右边瞥了一眼，莉法却迅速移开了目光。往左一看，爱丽丝也别开了脸。而我正面就是伊塞尔玛的笑脸，这下彻底无处可逃了。

"夺命者"外形像是蜈蚣，但如果它属于昆虫类，就必定是没有骨头的硬壳构造；若肉里有骨头撑起身体，那它至少会是脊椎动物。从生物学的角度来说，比起昆虫，它更像是牛。

对自己这么说完，把"不存在五肢以上的脊椎动物"这个知识赶出大脑深处后，我用力地咬住了那块厚实的肉扒。

肉扒表面烤得有些焦脆，里面却软弹适中，那味道与其说是牛肉，倒更像是羊肉。可是巴钦族的香料把那股肉腥味变成了香味。老实说，这比"棘针洞穴熊"和"北美洲野牛"的肉好吃多了，但前提是不要时不时地想起"夺命者"那凶神恶煞的模样。

等咀嚼的肉块消失在虚拟形象内部的虚无空间之后，我高声喊道：

"好吃！"

看到伊塞尔玛茫然的样子，我向周围的伙伴们问道：

"我问一下，巴钦语的'好吃'要怎么说？"

莉法和爱丽丝歪着脑袋表示困惑，正在一旁给毕娜喂树果的西莉卡看着我说：

"极美。"

她是什么时候学会巴钦语的？我先把这个疑问放到一边，对伊塞尔玛说：

"极美！"

然而，女战士脸上的讶异并没有消失。

"极美！这个，超'极美'的！非常'极美'！"

莉法她们像是再也憋不住了，开始咻咻偷笑。我自暴自弃地一边微调语调，一边重复念着"极美、极美"，念到差不多第十次的时候，伊塞尔玛终于露出了笑容。

"ㄨㄨ！极美！"

她用结实的左手拍了拍我的右肩，把大盘子里剩下的肉扒分给莉法和艾基尔他们之后就走回篝火那边了，随后就有一个熟悉的信息窗口叠加在那远去的矫健背影上。

"获得巴钦语技能，熟练度上升至1。"

等到那个浮窗消失，我才再次向西莉卡问道：

"语言技能的熟练度要提升到什么程度才能用？"

"唔……要进行最低限度的交流的话，大概是10吧。我的熟练

度也只有15，不敢说大话……"

"要10啊……"

这倒是没有想象中那么难。我刚这么想，西莉卡就笑容满面地补充了一句：

"顺便说下，大约熟练掌握三十个单词就可以把熟练度升到10了。你好好努力吧！"

"这，这样啊……"

换句话说，要想让巴钦语技能和帕特尔语技能的熟练度都上升到10，我就必须学会六十个在现实世界里完全派不上用场的单词，还得做到发音准确，就算有两三个英语单词会因此被挤出脑子也不奇怪。

——也不知道是哪里的谁做的游戏，为什么要做这么一个麻烦的设定呢？真要命……

我无声地咒骂着，又咬了一口"夺命者肉"——简称"夺肉"。

即使参加庆祝会的所有人都填饱了肚子，夺命者肉的总重量还是只少了不到一成。

若这里是Under World，剩下的生肉必须晒干或冷藏，或者做成腌制品，否则一眨眼就会耗尽天命——幸运的是，在Unital Ring世界里，放入道具栏的素材道具的耐久度不会减少。换言之，人口大增的拉斯纳里奥的粮食问题目前算是解决了。但每顿都吃肉扒也会吃腻，幸好亚丝娜和结衣做了加入香草的炖菜，吃起来也相当美味，所以应该还有别的料理方法吧。顺带一提，棘针洞穴熊米夏、黑豹阿黑，还有亚丝娜的宠物——长嘴大鬣蜥阿鬣好像都非常喜欢"夺肉"。

庆祝会在晚上10点结束，等帕特尔族和巴钦族的人们回到各自的居住地后，厩舍前的空地上就只剩下我和伙伴们，还有二十位前Insecsite组的队员了。趁这个机会，大家重新互报了家门。

昆虫们的领队就是艾基尔的太太——花螳螂海米。看着像是副领队的是亚克提恩大兜虫扎里恩、南美黑艳锹虫维明。双方握手寒暄后，我终于能向"老鼠"阿尔戈抛出那个一直待解的疑问了。

"所以呢……阿尔戈，为什么你会和海米她们在一起？"

闻言，小个子的情报贩子就举起右手上的大啤酒杯，一饮而尽之后才答道：

"也没什么啦，我昨晚不是说过有点事要忙吗？"

"啊……是说过。"

"其实呢，我和海米以前就认识了。"

"咦……是通过艾基尔认识的吗？"

不，这不可能。我刚问完就自己给出了否定答案。阿尔戈出现在我面前是两天前的事，在那之前一直都是失联状态。要是她和艾基尔有联络，昨晚我向大家介绍她的时候，他也不会显得那么吃惊了。

"不是，是经其他渠道认识的。"阿尔戈说出如我所料的答案，往昆虫们那边瞥了一眼才继续说，"大约一年前开始，我就一直在做与The Seed连结体全球化有关的采访了。在美国的Seed游戏里，Insecsite算是比较主流的，但在日本没多少人玩……我好不容易才找到了海米她们。"

"咦……那游戏在美国很有名吗？"

我有点——不，是相当吃惊地问道。但回答我的不是阿尔戈，而是我旁边的亚丝娜。

"嗯，我也听有纪提起过这个游戏的名字。她说在来ALO之前和'沉睡骑士'的成员们玩过一阵子。"

"哦……"

听到"绝剑"有纪的名字,就连没怎么和她交流过的我也有一种像是被紧紧揪住了心的感觉。虽然亚丝娜也笑着,但映照在她眼中的光似乎在微微摇曳。

我下意识地挪动右手去轻轻触碰亚丝娜的左手,然后将视线挪回阿尔戈身上,说:

"我知道你是怎么认识海米的了……不过,你们为什么会一起被'夺命者'追杀?"

"呃,这个嘛……"

阿尔戈环顾周围,捡起一根稍长的树枝,用它在地上画出了一个直径约一米的圆圈。

"实际形状应该更复杂一些,你们就把这个当成Unital Ring的全域地图吧。"

"嗯。"

见我和亚丝娜双双点头,诗乃、爱丽丝、海米和几个Insecsite玩家也凑了过来,围着地图看。阿尔戈也没在意,继续解释道:

"假设这是北边,现在我们大致是在这一带。"

树枝戳中的是地图西南边一个相当靠近外围的位置。

"你怎么知道是这个位置?"

听到诗乃的问题,阿尔戈转了转树枝,指向还残留着乌云的夜空说:

"小诗也记得第一天晚上极光是往哪个方向延伸的吧?"

继爱丽丝的"小爱"之后,看来阿尔戈也决定以"小诗"来称呼诗乃了。被点名的诗乃眨了眨眼睛,轻轻耸肩道:

"记得,应该是东北方向。"

"那就是这个方向了。"

阿尔戈说完,正想再次用树枝戳向地图上表示拉斯纳里奥的凹点，却突然停下了动作。

"与其说是东北，我觉得应该更偏北边吧？"

"咦？哦哦，这样啊。"

诗乃点头蹲下，用食指在地图上的拉斯纳里奥西北方几厘米处戳出了另一个点。

"夜空出现极光，传出那个广播的声音的时候，我在基约尔平原的另一边……大概是在这附近。如果阿尔戈小姐说的是这个，那我和桐人他们看到的极光方向就会不一样。"

说到这里，诗乃从自己戳出的那个点开始往东北方向，也就是圆形地图的中心画了一条线。

见诗乃站起来，阿尔戈对她微微一笑，也拿着树枝从拉斯纳里奥往圆心画线。正如诗乃所说，两条线的倾斜方向有些不同。

"照这么说……"

这声粗犷的低吟来自不知什么时候加入讨论的艾基尔。他看向站在身旁的花螳螂型虚拟形象，用英语问道：

"Hyme, in which direction did the aurora you saw flow?"

海米动着剃刀般的大颚，用稳重又柔和的女性嗓音回答了他：

"Almost north."

她伸出右手的镰刀，用尖锐的前端在拉斯纳里奥东边大约十厘米的位置往正北方向画线。

"也就是说，那道极光是……呈放射状出现在整个Unital Ring天上的吗……"

听到我这句嘀咕，阿尔戈轻轻点头，又从圆形地图的东侧和北侧往圆心画了好几条线。

"就是这么回事。我在网上收集情报的时候，也亲眼看到了极光指向西边和北边这两种不同的说法。可能是被强制转移到UR世

界的Seed游戏玩家们都被安置在地图外围,围成一个圈了吧。之后大家就从那里各就各位……"

爱丽丝接着阿尔戈的解释说:

"朝位于世界中心的'极光所指之地'前进……你是指这个吧。这么一想,分配到我们ALO玩家附近的是诗乃这些GGO玩家,还真是幸运呢……"

"虽说是附近,但也没那么近啊。"

诗乃苦笑着说,曾远征基约尔平原的伙伴们也连连点头。事实上,我们和诗乃会合的石壁迷宫就位于平原的正中间,拉斯纳里奥到那里的直线距离少说也有三十公里。诗乃在遇到我们之前的移动距离好像也差不了多少,因此这里离GGO组出现的遗迹大约有六十公里……比阿尔普海姆的风精灵领地首都"司伊鲁班"到世界树的距离还要远。

莉法貌似也在思考同样的问题,她目不转睛地盯着地上的地图,开口说:

"我问你哦,阿尔戈姐姐,这个世界的半径到底有多少公里?"

"唔……"

阿尔戈低吟了一阵,依次用树枝前端敲了敲三个点——GGO组的初始地点、拉斯纳里奥和 *Insecsite* 组出现的地点。

"这三个地点是我凭直觉随便画的,但假如这个比例尺没有出错……那各游戏玩家的出现地点离地图中心大致都有六百……不,有七百公里远吧。"

"七百?!"

莉法不由得发出了惊叫,莉兹贝特和西莉卡也不禁低喃了一句:"不会吧……"昆虫们缓了一会儿,才用英语纷纷议论起来:"No way!""Kidding me?!"

也难怪他们会惊讶。半径七百公里，直径就是其两倍——一千四百公里。阿尔普海姆的直径只有一百公里，却也能给人一种无边无际的感觉；而在被困于死亡游戏SAO的那段日子里，即使艾恩葛朗特每层楼的直径只有十公里，也会让人感到无比广阔。现在一上来就说直径一千四百公里，实在令人难以感同身受。要是拿现实世界里的日本来比较，这都快赶上从北海道到九州的距离了。若是在Under World……

想到这里，我忽然打了个冷战。

下意识地抬头，就正好和正前方的爱丽丝对上了视线。这位猫耳骑士也微微睁大了蓝色的眼眸。

估计她和我想到了同一件事。阿尔戈估算的半径是七百公里，万一实际再稍微大一点，例如七百五十公里……

就会与被尽头山脉包围的人界半径完全一致。

——就算真的一样，也纯属偶然吧。

我的想法似乎也传达给了爱丽丝，只见骑士默默地点了点头。

除了都曾运用The Seed Package这一点以外，Under World与这个Unital Ring世界没有其他任何共同点，且Under World并没有接入The Seed连结体，两者的关联更是微乎其微。现在要做的不是寻找这种偶然的意义，而是把精神集中在眼前的状况上。

在我这么说服自己的同时，周围的议论声也平息了。轻咳一声之后，我把话题拉回了原点。

"我大致了解这个世界的全域地图的情况了。可是阿尔戈，这件事和你遇到海米她们有什么关系吗？"

"对哦，刚刚是在解释这件事来着。"阿尔戈说完这句装傻充愣的话，往在周围站成一排的昆虫军团看了一眼，"其实原因很简单，这起事件发生之后，我也找海米打听了情况。Insecsite那边的火药味好像也很浓，我就问她能不能来这边帮个忙了。"

"火药味很浓？"

我歪起了脑袋，左前方随即抛来一个问句：

"小桐，关于Insecsite，你了解多少？"

说话的是一只白色外骨骼加粉红配色的花螳螂——海米。那一口流利的日语和首次耳闻的称呼让我一时语塞，摇了摇头才开口说：

"几……几乎完全不了解……"

"我想也是。Insecsite的玩家都是节肢动物，按六足类……也就是昆虫、螯肢类和多足类进行区分，彼此之间争夺霸权，这就是这个游戏的背景设定。螯肢类有蜘蛛、蝎子和避日虫，多足类则有蚰蜒和蜈蚣这些。"

"那大部分玩家都会选昆虫吧？"

听到我这句话，花螳螂的三角形脑袋就上下晃了晃。

"Exactly。在开服后的很长一段时间里，我们都把螯肢类和多足类……把这些'八足以上（Eight or more）'的动物简称为'Eighmore'，它们一直被昆虫一方压制，逐渐失去领土，因而最近运营做了平衡调整，将它们的技能和角色数据强化了很多，它们也趁此机会展开了大反击……恰逢这个时候，这起事件发生了。"

"呃……难道Insecsite组的昆虫玩家和Eighmore玩家都出现在同一个地点了？"

"Ya."

"那不会大闹一场吗？"

"闹了。"

海米表示肯定后，听着艾基尔同声传译的扎里恩和维明等人也发出了压抑的咒骂声。等他们消停了，海米才继续解释道：

"在强制转移后的几小时里,'六足',包括我们在内的昆虫玩家都被Eighmore玩家打倒了。当时还处于缓冲期内,还能复活,但继承过来的装备都被抢走了,'六足'这边失去了反败为胜的机会。即便如此,绝大多数的'六足'玩家还是没有离开遗迹……离开初始地点,我们的troop也是猜测缓冲期早晚会结束才离开遗迹的。"

"Troop……是类似于公会的组织吗?"

"Ya……我们在Insecsite里也是能进前十的troop,但没有装备还是很难玩下去,缓冲期也不知不觉间就结束了,又被Eighmore从遗迹一路追赶,'No way out'……这句话要怎么用日语说来着?"

"呃……寸步难行,之类的吧……"

"对对对,在寸步难行的时候,阿尔戈给我发来了信息。"

这个话题终于到头了,我舒了一口气。

聊着聊着,空地中央的篝火也快烧完了,米夏、阿黑、阿鼹在残留的小火堆附近凑成了一块,睡得正香。不对,仔细一看,毕娜也不知什么时候从西莉卡头顶移动到了阿黑背上,缩成了一团。虽然阿鼹没有参战,可是在"夺命者"一战中,米夏或阿黑中的一方……甚至可能会两者同时牺牲。

它们都是我们偶然驯服的宠物,可我也没料到自己会在短短数日里对其产生深厚的感情。我也不是没有想过会失去它们,但还是必须好好想一个既能让它们参战,又不让它们牺牲的法子。

我从动物们身上收回目光,再次看向阿尔戈说:

"照这么说,阿尔戈今天是专程跑到Insecsite组的区域去接海米她们的?要是你提前说一声,我或者其他人也能陪你去啊……"

"不用啦,半路上遇到的怪物都被我用隐蔽和潜行技能避开了。一个人反而会更安全一些。"

"那您这位躲藏大师怎么会招惹到那只大家伙呢?"

一问到被"夺命者"追杀的事,别称"老鼠"的情报贩子的脸色就变得有些难看了。去程是单独行动,回程却是二十一人大队,刚才那个问题听着好像有点不安好心啊……就在我反省时——

"是我的错。"

"咦……这话怎么说?"

"是一时没克制住身为情报贩子的冲动。听好了,桐仔,Unital Ring有一个很不合常理的特征。"

"嗯?"

阿尔戈这句话让亚丝娜和莉兹等人也饶有兴趣地凑了过来。在众人的目光中,阿尔戈再次将右手上的树枝伸向地上的地图。

她在拉斯纳里奥所在地点的西南方——基约尔平原的右下方画了一个小小的圆圈,又在其西北方的远处画了一个。

"这个世界到处都有这种呈正圆形的盆地。最大的直径达十公里,最小的似乎也有三四公里。森林或河流的形态都很自然,唯独这种盆地是规规矩矩的正圆形,里面应该有什么蹊跷吧?"

听着阿尔戈的话,我也念念有词地思考起来。

"啊……这里是巴钦族村子所在的盆地!"

莉兹贝特指着比较靠近拉斯纳里奥的圆形叫道。接着诗乃也指着较远的圆形说:

"这边的盆地大概就是奥尔尼特族的村子了。我之前还以为这种地形是他们自己挖出来的……原来是天然形成的啊。"

亚丝娜和西莉卡听了也点了点头,遗憾的是,两个盆地我都没有去过。不过我记得结衣也曾两度造访巴钦族的村子,便向在亚丝娜身边注视着地图的白色连衣裙少女问道:

"结衣,我问一下,巴钦族居住的那个盆地真的有那么圆吗?"

"我没有机会从高处俯瞰,无法确认整体的形状……但在我目视范围内，盆地边界的圆弧的真圆度应该是五厘米左右。这个数值确实不像是The Seed程序的地形生成引擎能自动生成的……"

我花了一秒钟来消化结衣这番流利的解说。真圆度五厘米，也就是盆地这个直径几公里的圆形与几何学上的正圆形的最大误差还不到五厘米。的确，不管怎么想，这样的地形都是这个世界的创造者特意制造的。

"阿尔戈，这个正圆形盆地到底有什么名堂？"

听了我的问题，情报贩子在兜帽下露出了一个很明显的苦笑。

"我就是在调查这个啊。就我目前了解，类似的盆地能在全域地图上找到三十多个，而且里面都有某些东西。例如NPC的村庄、遗迹或是迷宫……今晚和海米她们会合之后，在这附近又发现了一个。"

阿尔戈在拉斯纳里奥东边五厘米处——实际距离应该有三十公里吧——画了第三个圆，继续说：

"这方面的消息还没传到网上，所以我就想起码得去调查一下盆地里到底有些什么，就让海米她们在外面等着，自己进去看看了。结果看到的是一片枯萎的森林，里头还有一座很像环状列石的遗迹，我正觉得这种地方说不定能找到什么宝藏，那只大到吓人的人面蜈蚣就从岩石后面跳了出来……"

"原来是这么回事。"

我将目光移向空地的东侧，从这里只能看到包围着拉斯纳里奥的杰鲁埃特里奥大森林的树木，但在森林的尽头，地图肯定还在延伸，还只是Unital Ring世界的一小部分。

"然后你们就被'夺命者'从那个盆地一路追到我们会合的地方来了吗？"

"谁能想到它会一路追三十公里呢……真是给海米她们添了好

大的麻烦……"

阿尔戈难得露出沮丧的神情,叹了一口气。那只我记不清具体学名的象兜虫——扎里恩用爽朗的嗓音说:

"Never mind, girl! I had a blast!"

南美黑艳锹虫维明也立刻说道:

"I felt good about beating that mob!"

昆虫们纷纷表示赞同,阿尔戈也用不逊色于艾基尔的流利英语回应了他们:

"Isn't the reason that biggy had been after us is because that was an Eighmore and you are Sixes, right?"

她刚说完,昆虫们就爆发出一阵大笑,我也不由得感慨:"阿尔戈大姐姐实在厉害!"

但不管怎么说,既然发生了这种事,应该也不会有人反对让 Insecsite 的二十名玩家入居拉斯纳里奥了。我甚至想高举双手热烈欢迎,虽然很想这么说,但有件事我还是应该提醒一下。

借着艾基尔大大小小的帮助,我尽最大努力地用英语向海米等人解释了明晚即将来临的最大危机。

那就是能施展恐怖窒息魔法的"魔女"——"假想研究会"的领队穆达希娜,还有受她控制的一百多名玩家将会攻击这座小镇。得知这件事后,海米神情严肃地和伙伴们商量了一会儿才再次看向我说:

"我们能不能和那个叫穆达希娜的女人合作?"

"……"

我无法立刻回答,无意间用右手碰了碰护颈。

里面的脖子上还烙着漆黑的环形纹章,那就是被穆达希娜施了窒息魔法的证据。万一现在穆达希娜在南边远处的斯提斯遗迹用法杖敲了敲地面，我就会无法呼吸，痛苦地在地上打滚。

在现在的Unital Ring里，她的综合战斗能力无疑是最强那一档的。假使能和她达成合作关系，她应该会是一位无比可靠的伙伴。可是……

我谨慎、仔细地将穆达希娜那句铭刻在我脑海里的话翻译成英语，说给海米等人听。

——就算现在说好要合作，但到了靠近终点的时候，首先队伍与队伍之间会产生竞争，紧接着队伍里也会起内讧。不过至少在我发动魔法期间，这些情况都是可以避免的……所以说，这不是通关游戏的最佳且最有效率的手段吗？

我说完最后一句"isn't it?"之后，昆虫们再次沉默了好一阵子。在我以为是自己英语太差而干着急时，海米才低声嘟囔了一句："Ridiculous."

她把那对带锯齿的锋利镰刀交叉放在身体前方，换上日语继续说：

"感觉确实没法和那女人做朋友呀。都听到这儿了，我们也不能事不关己高高挂起了。"

"不……不是，我希望你们慎重考虑一下这件事，毕竟要攻过来的是一支百人军队……就算海米你们在这个镇子里休息一晚，明天就出发离开，我们也绝对不会埋怨的。"

"百人队伍是不容小觑，但这边有小桐的伙伴，有那些酷酷的原住民和可爱的小老鼠，再加上我们应该也有六十个人了吧？我们单人的战斗力绝对在他们之上，还有守方的优势。你不觉得这场仗打得过吗？"

"的确……是这样没错。"

直到今天早上，我还觉得双方的战力差大得令人绝望，但倘

若海米那边二十个人能成为我们的同伴，状况就不一样了。穆达希娜军的玩家们估计也不会料到Insecsite组会加入我们这边，若是能在关键时刻让他们加入战斗，昆虫型虚拟形象的可怕外表所带来的心理效应也值得期待。只要好好制定战略，用陷阱或突袭扰乱对方的计划，或许就会有胜算。

只可惜，这依然不是一场势均力敌的战斗。我们在激战后击退了敌军，但也损失了一半人……若是这样的结果，就谈不上是胜战了。在Unital Ring世界里，一旦死去就无法再次登录，所以我不想在通关之前失去任何一位伙伴。NPC们甚至是真的会丧生，那更不是我想看到的。要想战斗，就必须先确保己方能在零牺牲的情况下击退敌方百人军团……不对，来袭的玩家们也是受穆达希娜胁迫才这么做的，可以的话，我也不希望敌军出现人员伤亡。

"若能在开战之前，想办法解决穆达希娜……"

我在和"夺命者"开打前的会议上就提出了这个想法，现在又一次提及。克莱因喝着第十几杯啤酒，面带遗憾地说：

"到头来还是变成这样了啊。虽说偷袭素未谋面的女士有违我的原则，但如果是她主动出手，那就没办法了……"

"你也可以自己去说服她呀。"

莉兹贝特的提议让克莱因连连摇头。

"要是随随便便跑去见人，连我都被施了绞首魔法，那可就不好玩了。"

听到他这句没出息的话，不仅是伙伴们，就连昆虫军团也忍不住笑了。

在此期间，我感觉到阿尔戈一直盯着我的右脸，便刻意回避了她的目光。

昨晚远征至ALO组的初始地点——斯提斯遗迹之际，我受到穆达希娜所施的绞首魔法——"不祥之人的绞环"牵连，也中了招，但还没有向伙伴们坦白这件事。知情者只有当时和我同在现场的阿尔戈一人。

我之所以不让她说，是因为我觉得万一伙伴们知道了，他们会宁愿优先解除魔法，积累的大量任务也会因此延后。这样一来，大家升级和强化装备的进程就不得不推迟了。

阿尔戈总是一找到机会就暗示我"这事还是早说为妙"，但这场拉斯纳里奥攻略战——从我们的角度说应该是防卫战——开始后，穆达希娜应该不会发动"绞环"魔法才对。万一她这么做了，不仅是我，她那一百个手下也会无法动弹。

我猜……不，我敢肯定，只要打倒穆达希娜或破坏她的法杖，"绞环"就能解除。事后再和亚丝娜她们解释、道歉就好了。

咽下那份内疚，重新打定主意后，我看向海米说：

"谢谢你们愿意和我们并肩作战。既然这样，我也觉得海米说得没错，这一战是有胜算的。但就现状来看，我们的确很难零牺牲击退百人规模的敌军，所以我想找到避免开战的方法。假如有个万一……还得考虑弃城这条路。"

一时之间，没有一个人想要发言。

帕特尔族和巴钦族已经入居，帕特尔族甚至还生了孩子，我们无法随意舍弃这座小镇——这是几个小时前的会议得出的结论。伙伴们或许也觉得事已至此，也不必再多说了。

可是，我在"夺命者"一战中深刻感受到我们可能会全军覆没的时候，在冰冷的战栗中萌生了一个强烈的念头：

我不想失去伙伴。不希望他们中的任何一人死去。与其失去其中一人，还不如从那一刻起就放弃攻略Unital Ring……

这一瞬间，我用力握紧了双手，转身看向亚丝娜。

那双映照着摇曳火光的眼眸直直地朝我看来,但里面好像藏着一丝担忧。

这也难怪。毕竟我和亚丝娜的"家"——小木屋就在拉斯纳里奥小镇的中央。这栋小屋是我们非常珍爱的家园,新生艾恩葛朗特坠落时,它原本会和第二十二层一起毁坏,但靠着几次奇迹和我们拼死的努力,才好不容易紧急降落到了这座森林里。舍弃拉斯纳里奥就相当于舍弃这栋小木屋。

在这阵苦闷的沉默之中,一道仿如清爽晚风的声音突然流淌而来:

"桐人,在开战之前就净想些失败的事,就算原本有胜算也会打不赢哦。"

说这话的人是爱丽丝。她正气凛然地挺直腰背,把手搭在左边腰间的剑柄上,即使身穿简陋的铁制铠甲,站姿依然和她还是整合骑士时毫无两样——不,此时此刻的她还是那位高贵的"金桂骑士"。

"当然了,把所有情况都设想好也非常关键,但那是为取胜而做的设想吧?我觉得,为了避免战斗而自己选择退却,倒是本末倒置了。"

被她这么一说,我完全无法反驳。

Under World爆发"异界战争"时,即便敌我双方有着五万对三千这样令人绝望的战力差,她也毅然投身战场,还凭借自己创造的大规模神圣术引导众人取得了一次次胜利。那时的我丧失了心神,没派上什么用场,因此刚才那些话在我心里奏出了沉甸甸的回响。

没错……穆达希娜大军还有二十多个小时才会攻来,现在放弃也未免太早了。努力思考的话,说不定还能找到一个既能不牺牲任何一位伙伴，又能击退百人规模的强袭队的方法。

我确认过视野边上显示的时刻，现在是晚上10点。虽然不是夜幕刚降临的时间，但VRMMO玩家的黄金时段才刚刚开始——还是先回到小木屋里，再正式召开一次作战会议好了。

海米和同伴们简短地交谈了一下，接着转身向我，灵活地耸了耸螳螂形象的肩膀说：

"小桐，不好意思，我的伙伴说差不多要离线了。"

"咦？啊……对哦，扎里恩他们是从美国那边上线的……"

艾基尔的太太海米住在东京，但其余的十九个人应该都住在美国本土，与日本有时差也是理所当然的。那边现在是几点来着？我正想在脑里计算时差，结衣好像看出了我的想法，干脆爽快地告诉我：

"现在西海岸是上午5点，东海岸是上午8点！"

"谢谢你，结衣……那确实是不能再待了。让你们待了这么久，实在抱歉。"

听到我道歉，海米轻轻地摇了摇三角形的脑袋，说：

"哪里，我们玩得很开心。对了……我的伙伴要下线，可以借用一下那些小屋吗？"

说着，她用镰刀指了指广场西侧那一排厩舍。

即便是非人类形态的虚拟形象，把他们当动物对待也让我有些于心不安，便把一行人带到南侧商业区的店铺——其实还未开业——让扎里恩他们在这里离线。

随后我们和独自留下的海米一起返回小木屋，坐在宽敞的起居室地板上继续商量。

我用初级木工技能做了告示板，又用篝火烧剩的木棍画出拉斯纳里奥周边地区的简单地图，然后向伙伴们问道：

"大家站在穆达希娜的角度思考一下，如果要靠一百名玩家攻打这座小镇，你们会拟定什么作战计划？"

突如其来的问题让伙伴们都摸不着头脑，但很快就一起认真地盯着地图看了。

拉斯纳里奥呈直径六十米的正圆形，外围是一圈三米高的结实石墙，东北、东南、西南、西北四个方向各有一道木制的大门，周围还有一片广袤的森林，但西南方的大门有一条道路，可以直接通往森林西侧的玛尔巴河。

大约三十秒过去后，之前一直充当翻译的艾基尔用粗犷的声音说：

"光听桐人这么说，这个穆达希娜的性格好像相当乖张啊，那她应该不会愣头愣脑地从西南边那条路攻过来吧。"

"我也这么认为。"

把毕娜放回头上的西莉卡这么说道。米夏、阿鼹和阿黑都在厩舍里睡着，但即便是在这个世界，毕娜的指定位置似乎还是主人的脑袋上方。

"我猜穆达希娜也想尽量减少同伴的牺牲，所以她大概率不会采取钻我们空子的作战方式。比方说，让别动队事先藏在道路两旁的森林里，等我们冲出去的时候发起两面夹攻……"

西莉卡这番话让众人齐齐发出了"哦哦"的赞同声。把我们从据点里引出去再围攻……若要对付怪物，这的确是一种经典战略。当然，若能在PvP战斗中实现，也会有绝佳的效果。

"到头来，还是把周围的森林夷为平地更安全一些吗……"

诗乃说完，这次又响起了几道"唔唔"的低吟声。盘腿坐在墙边的阿尔戈一边前后晃着身体，一边说：

"要想发展成混战，那确实可以利用森林。我不是因为自己专精暗探工作才这么说的哦，在一马平川的空地上，我们遭到突袭的风险是会降低，但也会没法从敌人后方发起攻击。"

亚丝娜也对这个意见表示了赞同：

"说得没错。前天袭击我们的修兹队一上来就把周围的森林烧了，我想除了充当照明以外，也有防止别人从森林里攻其不备的目的。一般的平地战都是人数越多，就越有优势……"

"是这样没错。"

诗乃没有坚持己见，点了点头。

下一个发言的是通常会在这种场合贯彻倾听者角色的结衣。

"这么说的话，穆达希娜小姐应该也会在攻击前把森林夷为平地吧？若是在现实世界还必须用上重型设备，但在Unital Ring，就算要看技能熟练度多少、用什么工具，砍倒一棵成年环松也就是几十秒的事。若一百人通力合作，拉斯纳里奥方圆五百米以内的树木可能会在一小时内被清理干净。"

"原来如此……"

我边回想在斯提斯遗迹看到的魔女身姿边说：

"穆达希娜能施展的魔法应该不只有'不祥之人的绞环'，假若她能用一般的攻击魔法，大概也想事先清除障碍物……很可能会把镇子周围夷为平地，再制定某种策略。"

"不愧是结衣，真是可靠！"

莉兹贝特一把抱住结衣，来回用双手揉那小小的脑袋。亚丝娜笑眯眯地看着她们，突然正色道：

"对了，桐人。那个'不祥之人的绞环'可不可以实现魔法叠加，或者应该这么问，能不能追加有效对象？"

"呃……你是说能不能在维持目前这一百名玩家身上的魔法效果之余，给其他玩家套上'绞环'吗？"

"嗯。"

亚丝娜认真地点了点头。这种模式还是太犯规了吧……就在我带着苦笑准备开口时——

"应该可以吧？"

这个声音让大家齐刷刷地转过头去。阿尔戈承受着十一个人的视线，露出一反常态的严肃神情，继续说：

"穆达希娜在斯提斯遗迹提议最先摧毁桐人团队的时候，'一群吃杂草的人'的迪克斯就问过她为什么要这么做，给他们也施加这种窒息魔法不就行了吗？"

她这么一说，我也想起来了，当时舞台上是有过这样的对话。不过阿尔戈在混乱中还能记住那么多细节，让人不得不感叹一声"不愧是她"。

"对于这个问题，穆达希娜是这么回答的——要成功施放'不祥之人的绞环'并没有那么容易，施法的手势很长，魔法阵也太显眼了。要趁着宴会的余兴施加夸张的Buff什么的，假如对方不相信，或者情况不合适，这种无聊的谎言根本骗不到任何人，但她没有说这个魔法的有效对象不能增加。当然了，这也可能是她想加强威胁效果，在虚张声势……"

阿尔戈解释完后，有好一阵子都没有人出声。

刻着纹章的脖子有些发痒，我正忍着伸手去碰的冲动，提出这个话题的亚丝娜就再次出声说：

"或许是虚张声势没错，但我们还是应该先设想有效对象可以追加，多加防备。从穆达希娜的角度去想，她至少会找一次机会给我们套上'绞环'，施法的手势再长，魔法阵再显眼，我们一旦被包围就无处可逃了……"

听着亚丝娜这番话，我又一次在脑海里描绘出了穆达希娜的身姿。

她身穿一件洁白无垢的连帽斗篷，手持一把设计素雅的长法杖，站姿犹如圣女一般，嗓音甜美清澈，让人感受不到一丝邪恶。但从她嘴里吐出的话语既冷酷又无情——在旧SAO世界，我、亚丝娜和伙伴们历经险阻才活了下来，她竟断言那是一个"让四千名玩家含恨而终的地狱"。

我做了一次深呼吸，转换了心情才回答亚丝娜指出的问题：

"穆达希娜确实很可能这么做……不，我甚至觉得她只能这么做了。先把小镇周围夷为平地，封住游击战的路线，再用大部队围攻，让我们走投无路，最后套上'绞环'。要是这招奏效，她就可以一下增加六十名手下了。"

我刚说到这里，手里依然拿着大啤酒杯的克莱因冷不防地说：

"啊……我想到了一件事。"

"请说。"

"刚才桐字头的老大说的六十名手下，也包括了巴钦族和帕特尔族的人吧？虽然这么说不太妥……但窒息魔法对没有真实肉身的NPC也会有效吗？"

"咦……"这个不曾料想的提问让我眨了几下眼睛，"呃……说是窒息魔法，也不是真的让玩家停止呼吸，充其量就是让虚拟形象产生窒息感……"

"哦，真的吗？"

这回轮到克莱因瞪圆了双眼。被他这么一问，实际体验过"绞环"效果的我也无法断言。那种过于真实的窒息感顿时不由分说地在脑海里复苏，就在我几乎是条件反射地重咳出声时——

"我可以断定，AmuSphere的信号是不可能让现实世界的身体停止呼吸的。"

被莉兹贝特紧抱着的结衣斩钉截铁地说完，就起身走到站在告示板前方的我身边，然后转过身子，白色的连衣裙也随之飘动，用冷静的口吻继续道：

"人类的呼吸中枢位于脑干最底部的延髓，但游戏程序传出的可控式AmuSphere信号只能传到大脑最外侧的大脑皮质，而大脑皮层上有躯体感觉区，因而能让人产生窒息的错觉，但实际上，AmuSphere的构造是不可能让人窒息的，万一真的停止呼吸了，安全系统也会自行启动，强制让玩家下线才对。"

结衣一口气说到这里，让众人发出了"哦哦"的感叹声。

前半部分是对呼吸中枢和大脑皮层的解释，对此我也只有"原来是这样"之类的想法，但最后一句倒是让我深以为然。作为夺走了数千名SAO玩家性命的NERvGear的后继机，AmuSphere内部搭载了设计极其严密的安全电路，若用户的心率上升过快，或是出现脱水状态，纵使只是在憋尿也会被迫下线。至于窒息这种与性命攸关的异变，就更难想象会被系统忽略了。

看来那个"绞环"带来的窒息感和我现在听到的声音、闻到的气味一样是虚拟的，但即使是这样……

我刚思考到这里，结衣就继续解释道：

"另外，我推测窒息魔法对巴钦族、帕特尔族这类NPC也是有效的。Unital Ring世界的NPC和我们使用的是相同的语言引擎，但我不仅能从虚拟形象身上获取视觉、听觉信息，自身也有嗅觉、味觉和触觉。香气和美味会让人欢喜，疼痛和闷热会让人不舒服，我的程序会让我对这些事物做出与各位相同的反应。在SAO和ALO中，我都被赋予了无法破坏的属性，所以完全不会感到疼痛，可我现在是玩家，若被剑劈中，或是无法呼吸，理应也会陷入痛苦。"

听结衣说完，我便下意识地伸出左手摸了摸她小小的脑袋，让她露出腼腆的笑容,抬头看向我。

她能为这种接触感到欣喜,能尝到亚丝娜做的料理的美味,也同样能感受到痛苦。在为出自茅场晶彦之手的AI程序的精巧震惊的同时,我也不得不去思考为什么他不做成只会感到舒适的样式。

可以的话,我希望结衣能不参加这场防卫战,但她本人大概不会答应吧。

克莱因拍了拍自己的右膝,像是在试图打破这沉重的沉默。

"就算窒息魔法对NPC和小结衣有效,我们也能对付的!那就是一种错觉,无视掉就好啦。"

听到这句很有气势的话,莉法也附和道:

"就是啊,要是一开始就知道是假的,那就不用慌了。应该说,穆达希娜对我们施了魔法,发动窒息效果的时候,说不定还有可乘之机呢。反正周围的敌人也会统统倒下,只要我们可以忍着痛苦冲到穆达希娜身边,就能用两三发剑技击倒她了吧?"

我的妹妹着实很靠谱——在异界战争中,她曾使用提拉利亚神的账号,从数千名美国玩家手中守住了暗黑界的兽人队和拳斗士队。

然而……

遗憾的是,即便知道"不祥之人的绞环"引发的窒息感是虚拟的,还是会感到难受。

在斯提斯遗迹的竞技场里切身体会到"绞环"的效果时,我最先想到的就是刚才结衣所说的,这不可能使AmuSphere的多重安全措施失效,导致用户呼吸停止。可是,那种窒息感逼真到了可以瞬间推翻那个理论的程度。喉咙深处仿佛有一个黏糊糊的异物堵住了气管,让人吞也不是,吐也不是的逼真感觉引起了强烈的恐慌,如果再迟五秒才解除魔法,估计我就要为逃离死亡的恐惧而下线了。

即使经历过一次，即使明白那是错觉，我也没有信心能无视那种憋闷的感觉继续行动。一旦被套上"绞环"，发动效果，所有人都会当场倒下，必须以此为前提拟定一个作战计划。

只不过，现在说这些也不知大家能不能接受。

故意被套上"绞环"，趁穆达希娜放松警惕的时候发起强攻——这个计划是很有吸引力，我方的牺牲也很可能直降为零，也符合只攻击穆达希娜一人的基本方针。我甚至觉得这是唯一行得通的方法，但前提是我没有实际体验过那种窒息魔法的效果。

在场的大多数人看似都倾向于采用克莱因的方案，我正努力思考该怎么说才说服大家时——

我感到有人盯着自己的左脸看，便悄悄瞥去一眼，正好和站在后排、正打着哈欠的阿尔戈对上了眼神。"老鼠"那双略微泛黄的眼睛清楚地传达出了"你也该放弃挣扎了吧"的意思。

……好啦，我知道了。

我叹了一口气，轻轻举起右手说：

"呃……大家听我说。很遗憾……克莱因的作战计划大概没法顺利推进。"

"这是为什么啊，桐字头的老大——"

他有些不满地拖长了尾音，我瞥了他一眼，打开环形菜单，来到装备页面，卸下了莉兹贝特帮忙打造的"上等的铁制胸甲"。那下面只有一件亚丝娜制作的"天音布制的打底衫"，它不仅是高领，颜色也与黑色相近，即使我把领子往下拉一点，"绞环"也还是不明显吧。

于是我不管三七二十一，把打底衫放回了道具栏。莉法看到我裸露的上半身就皱着眉头大叫道：

"喂喂喂,哥哥!你怎么突然脱衣……服……"
她的声音瞬间放慢,继而中断,目瞪口呆地注视着我的喉咙。
除阿尔戈以外的所有人都露出了类似的表情。我看着他们说:
"呃,那什么,就是这么回事。"

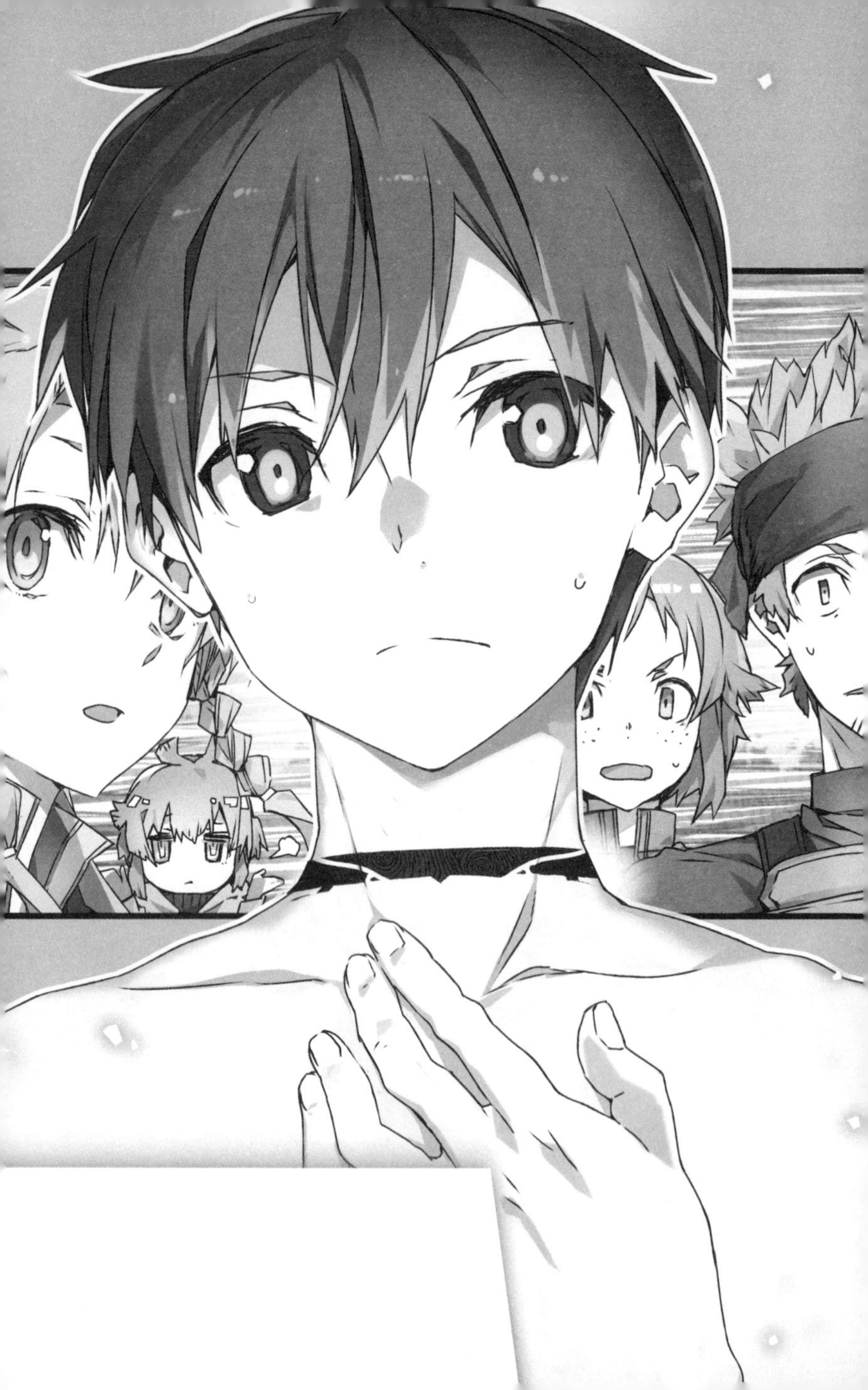

3

晚上11点，我们决定暂停会议，小憩十分钟，让大家上个洗手间。我也和伙伴们同时下线了。

在自己房间的床上醒来后，我盯着昏暗的天花板看了一会儿，等待微弱的浮游感消失。

在坦白自己也中了"不祥之人的绞环"的时候，其实我已经做好会被大家责怪隐瞒此事的心理准备了，但多亏阿尔戈从中说和，说教时间才推迟了一些。不过会议的议题也正如我之前担心的那样，转向该如何解除"绞环"了。为了重整士气，我只好提议让大家休息一下。

现在不能浪费宝贵的时间去消除我脖子上的纹样。假设今晚也能直到凌晨4点才下线，就是把剩下的五个小时全投进去，也不知道能不能做好迎战穆达希娜大军的准备。

"万一发生什么事，就得在学校潜行了……"

我边嘀咕边坐起身来，从脑袋上拿下AmuSphere，才刚换上欧古玛——

"哥哥！"

视野右前方的房门就随着这道喊声被人用力推开了，穿着T恤和短裤的直叶随即冲了进来。大概是刚下线就冲出房间了吧，她右手上还抓着AmuSphere。

"喂喂，好歹敲个门……"

还没等我说到"吧"字，直叶就跳上床，跨坐在我身上，一把揪起了我衣服的胸口——

"你总是这样！"

"我，我哪样了？"

见妹妹平时总是上挑的眉毛倒成了"八"字，我战战兢兢地问道。

"亏你还问！就是你那个一有麻烦就一个人扛着的坏毛病啊！在Under World也是，在极限加速什么的时候……"

"极限加速状态？"

"没错！我可都听说了，明明有人警告过你，在那个什么极限开始之前必须下线，不然就会出大事，你也不和当时就在身边的亚丝娜说一声！"

"那，那是因为我觉得，就算我说出来了，亚丝娜也会选择留在Under World啊……"

"你这么想也得说出口才行啊！"

直叶坚定地说完，又微微扬起视线继续道：

"结衣也是这么想的吧！"

话音刚落，娇小的精灵便轻飘飘地降落到我头上，学着直叶的样子在空中两手叉腰，那气呼呼的模样也很可爱。

"没错！爸爸应该多多信任妈妈、直叶小姐和我们！"

既然连心爱的女儿都出声责备了，我也不能再反驳了。

"是，是我错了。就是怕你们担心啊……"

见我双手合十表示歉意，结衣就轻轻坐到直叶肩膀上说：

"为彼此担心也是很重要的沟通方式哦，爸爸。"

"就是啊，哥哥。是不该做让别人担心的事没错，但要是遇到难题了，就不要自己全部揽着，得跟大家好好商量才行。"

直叶就那么跨坐着告诫道。我这才发现她的齐耳短发下还藏着欧古玛，估计是在下线前就和结衣说好要强闯我房间了吧。

"真的很抱歉，我真心在反省了。今后我会好好跟你们商量的。"

只见妹妹一动不动地从一个略高的位置俯视着再三保证的我，然后——

"向史提西亚神发誓？"

"向，向史提西亚神发誓。"

"那行吧！"

她脸上终于绽放出笑容，从我身上挪开，坐到床上的空位。见她没打算离开，我忍不住问了一个不经大脑的问题：

"你不用上厕所吗？"

"我早就解决了。哥哥赶紧去吧。"

"哦，那我去了……"

我刚下床，直叶就不失时机地加了一句：

"顺便从冰箱里给我拿瓶碳酸水！要青橙味的！"

"好好好。"

于是我带着苦笑回应了她，来到走廊。原本想先去厕所的，却发现结衣飞到了左边一个离我很近的地方。

"那个，结衣小姐……我正准备去厕所……"

听到我这句低语，小精灵一时有些茫然，接着就慌慌张张地说：

"啊，对不起，爸爸！我只是有件事想和爸爸说……"

"咦，什么事？"

"请看看这个。"

结衣说完就打开了一个全息窗口，上面实时显示着我体温、血压、心跳的数值和图表——植入我胸口的微型传感器把信息传送给了欧古玛。

我曾在海洋资源探查研究机构，即RATH做STL测试潜行的兼职，这是当时在对方的劝说下植入的——当然了，是在正规医院做的手术。现在兼职算是结束了，取出来也无妨，但出于以下三个原因，我还是把它留了下来。第一个自不必说，是取出时会很痛；第二个是骑自行车做运动的时候，不用再戴心率传感器了；第三个原因是，亚丝娜似乎莫名喜欢这种能监视我生命体征的状态。

被人看到体温和心跳的数值总有些难为情，但我也不好开口说"看够了吧"，就一直没管那些传感器了。为什么现在要给我看这些数据呢……

结衣流畅地回答了我的疑问。

"这是爸爸昨晚10点18分35秒之后的生命体征数据。"

"晚上10点……"

那时我在做什么来着？我歪着脑袋想了一会儿才想起来——

当时我和阿尔戈一起去到位于斯提斯遗迹中心的竞技场，混进了前ALO玩家们联谊会。就在我们撇开会上所备美食的诱惑，打算溜出会场时，穆达希娜在舞台上发动了极大魔法……晚上10点18分正是"绞环"让我窒息的时间点。

我不禁呆在了原地，跟前的结衣指着三条并列折线中的最后一条——心率说：

"很可惜，爸爸植入的那个传感器芯片检测不到呼吸频率，因此无法验证'不祥之人的绞环'是不是真的让爸爸停止了呼吸，但是，心率从这里开始就急速上升了。"

"还真是……但这也是理所当然的吧？平常和怪物对战的时候心跳也会相应地加快，纵使是虚拟的感觉，一旦无法呼吸，心脏也会扑通扑通地跳……"

"问题不在这里。"结衣轻轻摇头，以前所未有的严肃表情仰望着我说，"当用户的心率超过最大值五秒以上，AmuSphere的安全限制器回路就会自行启动。最大心率被设定为220减去年龄，所以爸爸的最大心率是203。"

"下周就会变成202了。"

对于我这句打岔的话，结衣冷静地附和了一声"是啊"，又继续说道：

"请看这里。晚上10点18分41秒，心率达到205，持续四秒之后下降至195，18分48秒又上升到204，这次也是四秒过后就下降到190左右，到18分55秒又下降了一些，随后就恢复到正常值了。"

"嗯……"

正如结衣所言，心率虽然两次超出了事先设定的最大值，但两次的持续时间都在五秒之内，因此没有被强行断线。这么高的数值确实让我有些惊讶，但安全系统看似有在正常运作。

"这里面有什么问题吗？"

"心率在二十秒内两次超出标准，但都是持续四秒后就下降到标准范围内了。我认为，四秒这个间隔是人为操作的。"

"人为操作……哦哦，两次都在心率超标五秒以上，被迫下线之前就降下来了，是这个意思吗？不，应该是碰巧吧？这个心率图不是AmuSphere，而是我胸口那个传感器记录的数据，不可能被篡改，AmuSphere也不可能真的操控心率啊。"

"这也没错，只不过……"结衣点了点头，但表情依然没有放松，"爸爸的心率两次都碰巧是在第五秒降下来的，但足足一百名玩家同时同地中了同一个魔法，应该会有不少人满足安全装置的启动条件，被强制切断连线才对。爸爸，'不祥之人的绞环'发动的时候，你周围有玩家下线吗？"

"我想想……"

我一边盯着昏暗的走廊深处，一边在脑海里唤醒当时的情景。

"绞环"发动之际，我拼了命地试图吐出堵在喉咙处的异物，根本没有余暇观察周围，但还记得没有看见或听见下线时的光效或声响。窒息感消失之后,竞技场里的玩家密度也和魔法发动前一致。

"不,虽说不是很确定……但我记得没有人被强制断线……"

"这样啊……"

结衣没有再往下说,而是关上浮窗,轻轻往上飘去。

"抱歉,爸爸,打扰你去洗手间了。请慢点。"

被不需要解手的结衣这么一说,我难免有些难为情,但小憩时间仅剩四分钟了。

"好。你先回房间吧。"

"是!"

她带着充满精神的声音飞走了。目送她穿过房门消失后,我才立马转身冲向厕所。

我在洗面台洗过手和脸,就从厨房的冰箱里拿了直叶想喝的青橙口味的碳酸水,又给自己拿了一瓶乌龙茶。在返回自己房间的途中,我一直在思考结衣那些话的意思。

那时足有一百名玩家在场,若所有人的心率都是在安全措施启动的前一刻下降的,那就说明穆达希娜的窒息魔法可以掌握各个玩家的AmuSphere所设定的最大心率,并限制该玩家的心率不会超出那个数值五秒以上。

不过,我还是觉得这是不可能的。因为最大心率是220减去年龄,每个玩家的情况都不一样,且即便可以获取那个数值,控制人类心跳的也不是大脑,而是一个位于心脏处的组织结构——窦房结,AmuSphere的微波绝不可能触及那里。

或许是我看漏了什么。假如穆达希娜的魔法真的能控制某样东西,那应该不是心跳本身,而是与其息息相关的另一种事物,例如……

"哥哥，你太慢了！"

这个声音让我意识到，自己已经在不知不觉间回到房里了。直叶还坐在床铺上，用两手忙不迭地招呼道：

"只剩九十秒啦！"

"抱歉抱歉，但大家也不会因为迟到一两分钟就批评……"

"领队这副德行还怎么树立榜样啊！"

"又，又没正式决定领队是谁……"

我无力地反驳道，递出了左手的塑料瓶。我家常备的碳酸饮料的瓶盖都拧得很紧，需要用点力才能打开。作为现役的剑道社成员，我家妹妹发挥出了不容小觑的手劲，轻轻松松就拧开了，还"咕咚咕咚"地喝了一大口，像小孩子似的皱起整张脸来挺过碳酸的刺激，又以可爱的声音排出二氧化碳，拧好瓶盖，把塑料瓶放到床头柜上。

"还剩一分钟，快快快！"

她说完就迅速在床上躺平，我也赶紧把乌龙茶瓶从嘴边拿开。

"喂，你又打算在这里潜行吗？"

"还不是怪哥哥回来得太慢了。而且如果……万一哥哥真的因为穆达希娜的魔法停止了呼吸，就得靠我做急救措施了。"

也不知她哪句是真哪句是假，但她把话说到这份上，我也不好拒绝了。飘浮在我身边的结衣也认真地对她说：

"真到了那时，爸爸就拜托你了，莉法小姐！"

"包在我身上！"

看到她们用力朝对方点头，我不由得想，这两人也有好久交情了啊……

离小憩时间结束还有三十秒时，我再次潜行到了小木屋里，但伙伴们都到齐了。现在已是深夜11点左右，可大家都显得很激昂，就像在说"接下来才是正片"一样。

一行人会热血沸腾也是理所当然的。之前我和阿尔戈潜入了前ALO玩家们的联谊会，在穆达希娜露出真面目之前也是一派和气，大约一百来人的"攻略组"里也没有几个人对我们有明显的敌意。也就是说，要是明晚能在与穆达希娜的一战中取胜，就没有什么人会再动攻打拉斯纳里奥镇的心思——我们也可以毫无后顾之忧地开始攻略Unital Ring了。

仔细想想，或许第一晚发起袭击的莫克里一行、第二晚袭击小木屋的修兹队——"福克斯"都是受了那个不明来历的"老师"的唆使才这么做的。

修兹中了我的三连击剑技，在永远退出这个世界之前还说了一句奇怪的话。

——桐人……你，真的是……

说到这里，他的虚拟形象就消失了，所以我没能听到关键部分，但按正常逻辑来想，他估计是想说"你真的是xx吗"吧。假使那是某人灌输给他的假情报，且这个"某人"和给莫克里他们指导对人战术的"老师"是同一个人……那就是某个家伙在煽动前ALO玩家，想把我和伙伴们赶出这个Unital Ring世界了。

那个人会是自称"假想研究会"领队的穆达希娜吗？还是说，那个魔女也只是受"老师"操控？

我呆呆地站在登录位置思考着这些问题，就有人用力拍了一下我的后背。

"桐字头的老大，大家都到齐喽！怎么说，还要继续刚才的话题吗？"

"咦？好，好啊……"

在这个世界里，克莱因头上依旧紧紧绑着一条红色的印花头巾。我抬头看向他，着急地摇了摇头说：

"不，不行，这样不太好。"

接着我转身面向聚集在客厅中央的伙伴们，稍微提高音量继续道：

"各位听我说一下，关于接下来的方针……老实说，我觉得靠我们自己的力量去解除这个'不祥之人的绞环'是在浪费时间。"

话才说到一半，周围就响起了几道略带不满的声音。我很感谢他们为我担心，但现在有一件更应该优先处理的事。

"我不认为这个魔法是不能解除的。ALO有各种解咒魔法、药水和魔道具，这个世界有同样的东西也不足为奇，但现在我们非常缺乏魔法技能和知识。那个极大魔法可以让一百个人窒息，即使能找到解除方法，那肯定也是与之同等的高级魔法，一天——不，半天之内也绝不可能让熟练度提升到那种程度。"

这次倒是没有人反对了。

但众人的表情都很紧张，就像自己被套上了"绞环"一样——不，是把我的事情当成自己的事情去对待了吧。正因为这是一群最棒的伙伴，我才迫切地想要保证在游戏通关之前不失去其中任何一人。为此，在穆达希娜大军杀来之前，我们必须尽最大的努力做好准备——当然了，前提是不影响学业。

我朝大家点了点头，直接进入核心部分。

"'绞环'的效果和解咒一样重要，很难无视它行动。我不是很会表述这种感觉……效果发动的时候，喉咙深处就像塞了一块黏糊糊的硬物，有一种非常真实的窒息感。无法呼气，也无法吸气，当然也说不了话。在魔法发动前猛吸一口气憋住，或许还能撑个

几十秒……发动那个魔法的必需动作只是用法杖敲击一下地面，但也很难在战斗中时刻盯紧穆达希娜的动作。因此很遗憾，我觉得克莱因和莉法的方案，也就是故意被套上'绞环'再趁其不备发起攻击是行不通的。"

说完这些之后，我慢慢地呼出了虚拟形象的肺部所剩的空气。

仔细想想，所有的虚拟世界都没有空气，在小木屋里飘荡的木材香气、通过敞开的窗户灌进来的夜风的凉意都是AmuSphere直接在我大脑里制造的感觉，根本不存在以气味、温度为媒介的气体分子。呼吸时空气通过口腔、喉咙和肺部的感觉也是一样的道理。换言之，这个世界的完全真空状态比现实里的宇宙还要真实。就算大脑明白这一点，恐怕也没有人扛得住那种过于真实的窒息感。或许，人类对"无法呼吸"有一种铭刻在灵魂上的本能恐惧……

"但是桐人，你打算怎么应付这支百人大军？"

这个恬静的嗓音让我猛地抬起了一直低垂的脑袋。

发言人正是站在我正对面的爱丽丝。骑士那双蓝色的眼眸就这么眨也不眨地看着我的眼睛。

既然我否定了克莱因和莉法提出的"故意套绞环计划"，提出备用方案的责任便落在我身上了。要保证所有伙伴、巴钦族、帕特尔族和四只宠物存活，敌方玩家的牺牲也得控制在最低限度，还要在这个前提下获胜，这样的作战计划……

"我想避免和这支百人规模的强袭队正面交战。"

我刚这么回答，克莱因就立马反驳道：

"可是啊，之前小结衣不是预计穆达希娜大军会先把拉斯纳里奥周边的树木都连根放倒吗？两支大军在一大片空地上交战，不管怎么做都会发展成正面交锋吧？"

"我也是这么想的，所以……"

我花了十五分钟，向伙伴们解释了自从得知穆达希娜要和百人军队进攻这座小镇之后就一直在脑里打转的主意。

众人提出了很多问题，但最后还是都同意了，于是我们决定从11点30分开始做准备。在那之前，大家一起合力备了一些热茶和简便食物，养精蓄锐。

几小时前那场宴会上的啤酒大多是*Insecsite*组提供的，不过克莱因一喝起来就没个头，基本没剩了。他们从哪儿弄来的啤酒至今仍是个谜，我也很喜欢那种啤酒——我现在还未成年，但在虚拟世界喝酒并不违法——等击退穆达希娜大军之后，就去问问获取方式，去进些货好了……我一边这么想，一边一口喝下味道奇特的热茶。

在这之后，我和阿尔戈会单独展开行动。我们的SP、TP都是满格状态，会比其他人早一步出发。就在我走向大门时，莉兹贝特打了一个响指，说：

"来，大家看这里看这里——！"

怎么回事？我抛去视线，就看见莉兹贝特站在告示板的前方，她的右侧是西莉卡和莉法，左侧是诗乃、爱丽丝和阿尔戈，结衣则从背后把亚丝娜往客厅中央推。亚丝娜看上去和我一样，不知道发生了什么事。

紧接着，莉兹贝特等人一起打开环形菜单，移动到道具栏画面，又再次停下动作，一起说：

"一、二——亚丝娜，祝你生日快乐！！"

在大家齐声高呼的同时，无数的彩色小型片状物体也被实体化了——全都是花。窗口上堆积了数之不尽的花儿，七人用双手将之掬起，朝亚丝娜抛撒。色彩缤纷的花瓣像雪花一样飞舞，在客厅里荡起一阵甜甜的香气。

克莱因、艾基尔和海米似乎也不知道有这个惊喜,但很快就跟着一起热烈鼓掌了。亚丝娜眼睛一眨一眨地仰望着撒落的繁花,最后露出一个灿烂无比的笑容说:

"莉兹、西莉卡、莉法、小诗诗、结衣、阿尔戈小姐,还有爱丽丝……真的很谢谢你们。"

在不服输地用力鼓掌的同时,我不禁发自内心地想,穆达希娜大军不是今晚来袭真的太好了。

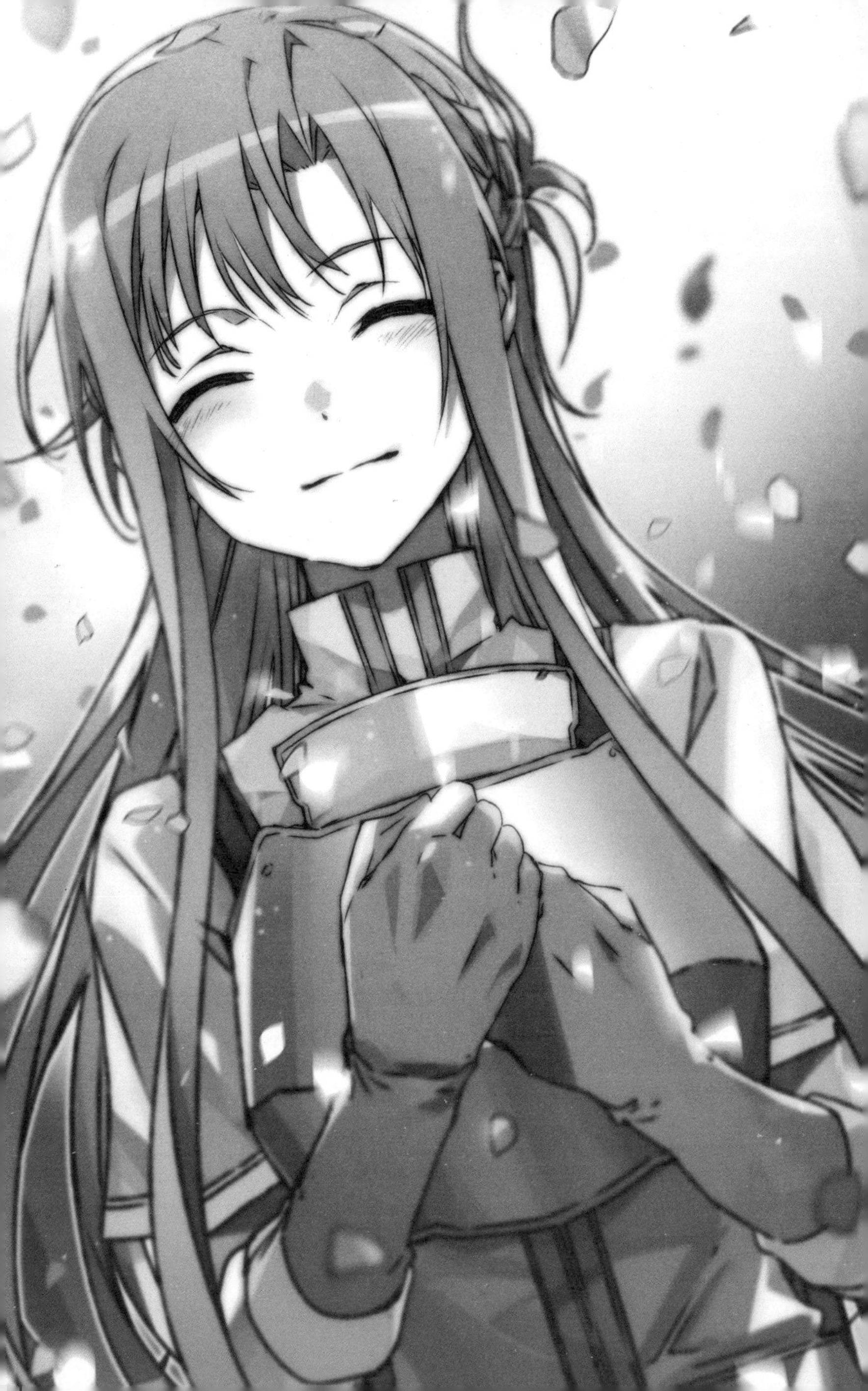

14

离开拉斯纳里奥后,我、阿尔戈和阿黑在幽深的森林中谨慎前行。

之前已经确认过这一带不会出现强力怪物,不过路上偶尔还是会冒出一些狐狸和蝙蝠这些夜行性动物型怪物。我们此行的目的不是升级,所以最好尽可能避开,但避不开的时候还是不得不打……想是这么想,但基本上只需阿黑吼一声,那些怪物就逃之夭夭了。看来它还具备威吓系技能呢。

按照最初的计划,今晚可用的时间有一半是用来提升等级和熟练度的,或许是歪打正着吧,现在不需要做这些事了——因为击倒了超巨型野外头目The Life Harvester,所有的伙伴都一下子升了两级。

目前我们的等级、职业和所选能力树情况如下:

桐人:20级 单手剑士/腐系魔法师/锻造师/木工/石匠/木匠/驯兽师"刚力"

诗乃:18级 枪手/盗贼/石匠/木匠/药师"机敏"

爱丽丝:18级 单手变种剑士/陶工/纺织工/裁缝"刚力"

莉法:16级 单手变种剑士/木匠/陶工"刚力"

莉兹贝特:15级 战锤手/锻造师/木工/纺织工/陶工"顽强"

西莉卡:15级 短剑士/驯兽师/纺织工/斥候"机敏"

结衣:14级 短刀手/火系魔法师/厨师/纺织工"才智"

亚丝娜:14级 细剑士/药师/厨师/木匠/陶匠/纺织工/裁缝/驯兽

师"才智"

　　阿尔戈：14级 短剑士/斥候/盗贼/药师"机敏"

　　克莱因：13级 弯刀手/木匠/石匠"刚力"

　　艾基尔：13级 斧战士/木匠/石匠"顽强"

　　海米：16级 镰刀手/石匠/木匠/药师"机敏"

　　米夏：棘针洞穴熊 8级

　　阿黑：背琉璃暗豹 7级

　　阿鬣：长嘴大鬣蜥 6级

　　毕娜：使魔龙 5级

　　大家的职业种类之所以都出奇地多，是因为每次获得技能之后状态画面都会显示对应的职业。例如石匠技能，随便拿起路边的两块石头敲一下就算是学会了。虽说我觉得这样就自称"石匠"有些说不过去，但阿尔戈推测，等熟练度提升上去了，总有一天需要整理这些技能……

　　有趣的是，花螳螂海米被赋予了"镰刀手"的职业。据她所说，前*Insecsite*组的玩家与生俱来的武器就是系统上的主要武装，锹形甲虫能用巨大的下颚使出"大钳"剑技，独角仙能用触角使出"棍棒"剑技，螳螂则能用镰刀使出"镰刀"的剑技。

　　当然了，强制转移前的*Insecsite*里根本不存在剑技，海米她们目前也只有五成概率能一次过成功发动技能。只要持续练习，这个概率应该是可以提升的，但从这个层面来看，早已惯用剑技的ALO玩家会相当占优势。

　　不对，ALO实装剑技是随着前运营公司RECT Progress消亡而起的非常规事件，本来在这个世界获得优势的不是ALO玩家——

我轻轻摇了摇头，暂停思考。现在必须把精力集中在眼前的任务上。

森林里一片漆黑，我们只能时刻留意周围的气息，小心翼翼地前进。穆达希娜大军预定于明晚发起攻击，但难保她会不会让侦察部队先行出发。

"喂，桐仔，你看那边怎么样？"

右前方突然传来这么一句轻声细语，让我停下了脚步。原本紧贴在我左边无声前进的阿黑也停了下来，正抽动鼻子嗅着空气中的气味。

"那边是哪边啊？"

我朝她走近一步问道，就看见一只在黑暗中仍显苍白的手正指向树丛前方。暴风雨在几小时前就停了，但云团依然把夜空盖住了足足七成，若没有夜视技能，我甚至可能看不清前方三米处的景象。

眯起眼睛，可以从树丛间的缝隙看到川流不息的玛尔巴河和宽阔的河滩。我们选择举步维艰的森林，而不是平坦易行的河滩的原因，就是想避免碰上敌方的侦察部队。如果有其他玩家靠近，阿黑大致可以在我和阿尔戈目视之前靠气味察觉，但还是得加倍小心。万一被敌人发现，就得重新制定作战计划了。

我、阿尔戈和阿黑就潜伏在拉斯纳里奥南边约三公里处，再往前走两公里就能抵达杰鲁埃特里奥大森林的南端，但出了森林就没意义了——我们得在森林里找一个合适的地点。

"唔……太远了，看不清楚啊……"

我一边睁大双眼仔细观察，一边这么说道。阿尔戈"嘻嘻"轻笑了一声。

"你要多提升夜视技能的熟练度啊。在伸手不见五指的地方看文字是目前最轻松的提升方式了。"

"这样反而会让视力衰退吧。"

刚这么回答完,我眼前就出现了一个打横的长条形窗口。

"夜视技能的熟练度上升至6。"

视野随即变亮了一些,树丛另一端的地形也渐渐浮现了。

玛尔巴河非常宽阔,包括河滩在内约有一百米宽。我居住的川越市有一条入间河,是市名的由来之一,而这条河离我家最近的河槽用地也有两百米宽,感觉上两者规模都差不多。

但看阿尔戈所指的地方,支撑着森林的台地从左右两边大幅往河里延伸,把河滩宽度缩减到了一半以下。仔细回想一下,昨晚和爱丽丝一起出发去斯提斯遗迹的时候,我还觉得这里河滩挺窄的,得小心别掉进河里了。

"感觉还不赖。"

我低声说完,阿尔戈就略为骄傲地回了一句"我就说吧"。又不是你造的地形……虽然我心里这么想,但她确实比我先找到了合适的地点,于是我也以一声"Good job"回应,继续谨慎前进。

即将走出森林时,我们再次确认了附近是否有其他玩家。我和阿尔戈用眼睛、阿黑靠鼻子和耳朵都没有发现人影,我便判断这里安全,打开了环形菜单。

与旧SAO一样,系统窗口在黑暗中格外显眼。没有什么怪物会被这个窗口的光引来,但于玩家而言,这会成为一个很清晰的目标。可以用来给同伴打信号,反过来也会把位置暴露给犯罪者,也就是橙名玩家,招致危险,所以在迷宫里打开窗口的时候要尽量把亮度调低。这是单刷玩家的常识。

现在附近没有玩家会发现这道光,不过我还是把菜单藏到了树干后面,然后快速打开地图,长按现在所处的位置,在上面设置了一个红色的"×"记号。

我立刻关闭菜单,长吁了一口气,从挂在腰带上的布质小袋里拿出野牛肉干投喂给阿黑,再次小声说:

"关键就看时间了……假如太早开始,计划就可能会在实施前被破坏,太晚又怕来不及……"

"是啊……"

阿尔戈在我旁边点了点头,"唔"了一会儿又继续说:

"等穆达希娜大军从斯提斯遗迹出发的时候,我们这边也可以开始准备机关了。一百人的队伍要移动三十公里,就算跑也得跑上三个小时吧。不对,在UR里一跑就会掉TP和SP,考虑到耗油率,估计小跑也得花四个小时……"

"假设我们做机关需要一个小时,那中间还有三个小时,这点时间倒是撑得住……想是这么想,还是得试着做一下才知道。"

"考虑到所需素材道具的数量,也没法做事前测试了。"

"嗯……"

现在伙伴们大概还在拉斯纳里奥周边挖空心思地往道具栏里塞素材……或者说资材,我那个作战计划所需的资源量非常大,没办法先做好一次来测试耐久度。我坚信这个机关能发挥作用,但能撑几个小时就另当别论了。

若这里是Under World,别说是三个小时,我还能用心意力做出十年都不会缺一个口子的东西……刚想到这里,就有一个朦胧的人影瞬间在我脑里闪过。从车窗外投射进来的夕阳照在圆筒形的制帽上,帽下可以窥见亚麻色的鬓发……

我拼命地将这阵几乎满溢而出的记忆奔流压了回去。现在必须把精力集中在这个世界,要是老在Unital Ring里想着Under World的事,难保我到关键时刻会不会以为用心意力就能把剑弹开。

"话说阿尔戈,我想了想,我们也不确定穆达希娜大军什么时候从斯提斯遗迹出发啊。"

听到我的疑问,情报贩子就轻轻地哼了一声。

"别小看大姐姐啊。'一群吃杂草的人''绝对存活队''广播小姐姐粉丝俱乐部'被穆达希娜大军强制收编,而在这三支队伍里面,大约有二十个玩家的SNS账号已经被我锁定了。只要穆达希娜大军开始行动,那些账号肯定会统统闭嘴,到时一看就知道啦。"

"真……真有你的……"

我只能深感佩服。在SAO时期,这惊人的情报搜集能力曾帮过我不少忙,也曾戏弄过我,但她愿意成为伙伴时就只剩可靠了。

"说起来,你英语还挺流利的,是在哪儿学的……"

接着我顺便问了一句,结果"老鼠"摸了摸兜帽下的鼻子说:

"嗯,这个情报差不多值200艾尔吧。"

"200……也太贵了!一串烤肉也才3镐姆啊!100镐姆相当于1艾尔,你这个价钱可以买六千六百六十六串烤肉了!"

她开的价让我忍不住嚷嚷起来,又赶紧捂住嘴巴。万一因为这点事被敌方的暗探发现,那真是蠢到没边了。

幸好只有停在头顶树梢上的某种神秘鸟类"吼噗"地叫了一声,我只好压低音量继续道:

"等哪天可以拿到大量100艾尔银币了,我一定会买你这个情报的。"

"呵呵,我看好你哦。但应该要等很久吧,毕竟这个世界的怪物基本上不会掉钱。"

"说得也是。"

正如阿尔戈所说,我们一路打来的熊、野牛、青蛙、蝙蝠都会掉落素材道具,却从不掉一点现金,所以我之前干脆跑到斯提斯遗迹里的NPC商店,把积攒的多余素材都卖了,但估价也只有3艾尔78镝姆。按一天1艾尔来算,存够200艾尔得花两百天。

"那只'夺命者'也是不掉钱的啊……"

我嘀咕了一句,阿尔戈回道:

"可它掉落的素材多得像小山似的,要是拿去商店里卖掉,应该可以卖个大价钱吧?"

"或许吧……"

事实上,除了一时半会儿消耗不完的生肉以外,"夺命者"还掉落了大量素材道具。不仅有甲壳和骨头,还有牙齿、肌腱、分泌液、结石、眼球等各种各样的东西,总之都先收进小木屋的储物库了,但还不知道能用来做什么。阿尔戈说得没错,运到斯提斯遗迹卖掉也是一个办法,可是作为玩家,还是不想把头目怪物掉落的素材拿到店里去卖。

"倘若换成其他游戏,那肯定是稀有武器的材料……也不知道这种常识在这个世界里通不通用……"

"都是骨头和眼球什么的,也不知道该用什么技能来加工,与其放在储物库里封藏,拿去卖掉不是更能有效利用吗?"

"说不定会有哪个地方的NPC可以用生物素材制作装备呢……"我刚说完就想起一件事,"不对……去问问NPC不就知道了吗?巴钦族人都装备着皮毛防具和骨头做的武器,他们应该知道加工方法吧?"

"对哦。失策啊,我应该在宴会上收集情报的……我怎么会犯这种错误呢……"

"这……我和你都不会说巴钦语啊。"

"我巴钦语技能熟练度已经提升到5,帕特尔语也到3了。"

"是我有眼不识泰山……"

我以小幅度动作做了一个投降姿势，慢慢站起身来。

"好了，我们也回去收集素材吧。最终要多少量，我心里也没个底……"

"也是。"

相视点头后，我、"老鼠"和黑豹便迅速顺着不成路的路折返。

15

10月1日，星期四。

明净的蓝天与秋爽一词无比贴切，从空中洒下的阳光将左半边的教室衬得发白发亮。夹带着街上声响的微风从敞开的窗户吹进室内，与学生们划动触控笔的声音融为一体。

很久之前，在还不知道自己身世的时候，我总是很期待每年的10月。每年有两次事前申请要什么礼物的机会，所以大约从8月开始，我就会费尽心思地思考10月7日——生日那天可以让家人给我买些什么。有时可以得到第一志愿的东西，有时连第三志愿都会被拒绝，但我还是会扳着手指等待那一天到来。

然而，在知道自己不是桐谷家亲生孩子的那一年，我没有要求礼物。妈妈问我想要什么，我也只是冷淡地回了一句"什么都行"。她花时间帮我挑了运动鞋和背包，我却把它们塞进了我房间的衣橱里，固执地不肯去用，这种态度一直持续到了我读初二那年。过完十四岁生日一个月后，我就被困在SAO里了。

那之后过了整整两年，我才终于从死亡游戏中解脱。在去年生日，妈妈和直叶问我"生日想要什么礼物"那一刻萌生的悔悟至今依然让我痛彻心扉。当时我差点就反射性地为自己曾经的愚蠢行为道歉了，但转念一想，这样顺势而为也不太妥当，最后还是认真地思考了一会儿才回答"什么都行"。虽然是同一句话，但当中蕴含的意思完全不一样，我想她们应该也明白这一点。不管是什么礼物，我都打算一辈子好好珍惜。当然了，不是把它收在柜子里，而是要好好活用……今年4月，家人为庆祝我入读归还者学校而送给我的山地自行车也是。

"那么,接下来……桐谷,你来读一下。"

突然被点到名,我赶紧应了一声"是",站起身来。

这位姓依田的女教师负责教必修科目之一的综合历史,之前上课的时候她说自己出生于肯尼迪总统被刺杀的那一年,但看那苗条的高挑身材,怎么看也不像有六十三岁了。或许是因为嗓音比较沙哑低沉,说话也是男性腔调,她很受女生欢迎。似乎还有察觉学生心有杂念的超能力,上课注意力不集中就会有很大几率被她点名。

很遗憾,坐在我旁边的并不是会小声提醒我该读哪里的女生,而都是一些等着看好戏的男生。在这一科的课堂上,我也曾好几次看到同班同学被拿来祭旗,因此还是会留一半脑子来听课。接着我轻咳了一声,开始朗读平板电脑上显示的教科书内容:

"在美国,于1933年就任的总统富兰克林·罗斯福推行了新政,加强政府对市场经济的干预……"

* * *

结束上午的课程之后,明日奈赶紧收起平板电脑,单手提着大型的保冷袋离开了教室。

保冷袋里放着她在家里做好的五人份三明治。由于时间来不及,她只做了火腿芝士三明治、加了西蓝花的鸡蛋三明治,还有加了橄榄的金枪鱼三明治,这不是什么很讲究的搭配,不过伙伴们应该也会吃得高兴。

她之所以提出为所有人准备午餐,既有感谢昨晚那份生日惊喜的意思,也是想有效利用宝贵的午休时间。在拥挤的食堂里买东西最快也要十分钟，但她这样做，五十分钟的午休里就有四十分钟时间可以用来开会了。

因为开会的地点不在食堂，也不在"秘密庭院"，而是在第二教学楼三楼的电子计算机教室，因而单程移动也要花费五分钟。那里算不上是一个适合吃午餐的地方，但今天的会议必须彻底保密——这所学校里或许也有被穆达希娜大军强制收编的ALO玩家，万一迎战计划的信息泄露出去，事情就难办了。

要去第二教学楼，明日奈得先从教室所在的第一教学楼三楼下到二楼，再走过连接着两栋楼的走廊。她一边快步行走，一边寻找应该会经过同一条路线的莉兹贝特/篠崎里香和阿尔戈/帆坂朋的身影，但她们好像都在明日奈把平板电脑收进书包，再从寄存柜里拿出保冷包的时候就先出发了。

她们两个真是急性子呀……明日奈苦笑了一下，正准备下楼梯时——

"结城同学。"

身后有人这么喊道，让她停下了脚步。

她带着些许紧张转过身，只见眼前站着一名女学生——身上穿的不是归还者学校的校服。

上身是一件藏蓝色衣领的拼接灰色西装外套，下身是褶皱像刀片一般挺立的百褶裙。一头乌黑亮丽的发丝，清秀的五官……她是四天前入读归还者学校的转校生，名字叫神邑樒。

"你好，神邑同学。"

明日奈以笑容打了一声招呼，樒也带着微笑轻轻点头回应，又说：

"结城同学，你是准备去吃午饭吗？如果你不介意，能不能和我一起用餐？"

"啊，这个……"

闻言，明日奈正迅速思考该怎么应对。

午休这场会议是不能缺席的。能面对面探讨迎战计划的机会非常难得，而且要是她不把三明治带过去，和人他们的午饭就泡汤了。

另一方面，她也不能把榉带到电子计算机教室。榉不是Unital Ring，不，甚至不是VRMMO游戏玩家，把对方晾在一边讨论又感觉过意不去。看来今天只能婉拒了。

"对不起，我今天和其他人有约了。"——为了说出这句话，明日奈做了一次深呼吸，结果这口气卡在了喉咙深处。

她的视线停留在榉的校服衣领别着的徽章上，是一个字母A加蔷薇的图案——她曾经就读的私立艾特露娜女子学院的校徽。

榉从露娜女校转学到归还者学校，是为了收集到美国大学留学所需的英语论文的题材。论文要求展现独创性，而这所归还者学校的成立背景在世界范围内也算是比较特殊的，所以才会选择到这里来体验校园生活，这一点倒也不难理解。只不过，榉这篇论文估计会写自己如何与因SAO事件导致心灵受创的年轻人们接触，她又是如何帮助这些人的，假使真是这样，今天这件事说不定也会被她写进去，还被写成"本以为和他们成为了朋友，却在邀请他们共进午餐时被拒绝了。SAO幸存者们心中筑起的墙壁真是高不可攀"之类的……

胡思乱想些什么呢。即便明日奈心里明白，也控制不住满溢而出的思绪。

Unital Ring事件虽是惊天动地的异常事态，但始终也是在游戏世界里发生的。明日奈现在打算以游戏为由拒绝还没有交到多少朋友的转校生的邀请，若换作被困于SAO前，在艾特露娜女子学院初中部读书的时候,她会做出同样的选择吗?不管游戏里发生了什么大事,在现实世界里,是不是都应该优先对待新朋友的邀约呢……

明日奈语塞的时间实际上应该只有半秒左右,但楢还是露出一副像是看透了她心里所有想法的表情,轻轻耸肩道:

"抱歉,结城同学。突然邀约你也很为难吧。"

"啊……不是……"

"请不要在意。不嫌弃的话,明天中午可以一起用餐吗?"

"嗯,我很乐意。"

听完明日奈的回答,楢便莞尔一笑,再次点头致意,踩着轻盈的步伐下了楼梯。

直到楢的身影绕过楼梯平台,再也看不到了,明日奈才跟着下楼。伙伴们应该都在电子计算机教室集合了,她却感到自己的脚步变得十分沉重。

不知为何,每次和神邑楢说话都会扰乱她的心思。楢一直那么稳重而有礼,让人感觉不到一丝恶意,那原因是出在她自己身上吗?楢打算从艾特露娜女子学院高中部毕业后就到国外进修,她是不是不经意间在对方身上看到了"原本也可能会走这条路的自己"的影子呢?

初三那年的秋天,明日奈因为一时心血来潮而戴上了哥哥的NERvGear,但她并没有为此感到后悔。在艾恩葛朗特里,她曾无数次体会死亡的恐怖,也经历过许多让人难受和悲伤的事,但也收获了同样多的快乐和喜悦。若不曾在SAO受困,她就无法结识莉兹贝特、阿尔戈和结衣,也不会遇见桐人。

她一点也不想否认自己此刻的心情。只要与伙伴们、结衣和桐人之间的深厚感情还在,不管有怎样的未来在等待她,她也坚信自己能够坚定地一路往前。

可是……为什么？

不对，现在不应该想这些事。The Seed连结体在榕眼中不过是一个游戏，但于明日奈而言，那就是另一个现实世界。为了守住那栋充满回忆的小木屋，让它安然无恙地返回阿尔普海姆，今晚这一战一定要赢。

来到二楼之后，明日奈逆着走向食堂的学生人流，快步走向走廊。

* * *

——欢迎回家！你动作真慢啊，哥哥！

我预想着直叶这个声音，打开了自家的玻璃门。

然而玄关处并没有妹妹的身影，水泥地板上也没有看到她的鞋，看来今天是我比较早到家。

不过这才是正常的。直叶上学要花的时间只是我的一半，但她是剑道社的正选队员，放学后肯定要练习。她最近一段时间总是要么请假，要么早退，总在5点之前就回到家，可她担任副社长一职，总不能一直这么玩物丧志。

幸好社团里还没有人说她闲话，可是仔细想想，我还没见过身为剑道社成员的直叶是个什么模样。下个月有一场新人战，到时一定要去给她加油打气。我打定这个主意，先到厕所解决问题，又在洗脸台洗过手和脸之后才走向厨房。回家路上在糕点店买了三个水果布丁，我把其中两个放入冰箱，然后拿着另外一个到饭桌前坐着吃。平常我几乎不会自己买点心回家吃，但现在必须为几小时后的决战养精蓄锐。

阿尔戈负责监视穆达希娜大军所属玩家的SNS，她还没有发来警告，那就说明对方还没有从斯提斯遗迹出发。当中应该也有学生或上班族，估计出发时间要到8点左右，假设他们移动需时约三小时，开战大约是在11点。要是他们在那个时间攻过来，而我们又不在的话该怎么办呢……但对穆达希娜来说，能攻破无人驻守的拉斯纳里奥反而更方便吧。

话说回来，那个魔女为什么会想击溃我们？纯粹是因为我们是前ALO组里最靠近"极光所指之地"的人吗……还是有其他什么原因呢？虽说很想当面问她，但我们的胜利条件是解决穆达希娜，所以只有在我们今晚打了败仗，且我还能活下来时才有提问的机会。作为攻击者，若作战失败，我应该会是第一个牺牲的人，因此不管是输是赢，我都没有机会和她对话了。

穆达希娜在斯提斯遗迹说的话再次在耳朵深处复苏。

——在SAO里产生的黑暗已经在广阔的The Seed连结体里扩散开了，还在不断增殖。而现在无数个世界再次合为一体，黑暗又一次在这个Unital Ring世界里凝缩，当压力超出极限的时候，就会滋生出另一种新的……恐怕是更深、更黑暗的东西。我只是想看看那个结局罢了。

即使这番话让人不敢苟同，我也必须承认，光明和黑暗在旧SAO里是同时存在的。倘若那些将我、亚丝娜、莉兹贝特、西莉卡、克莱因、艾基尔、阿尔戈还有其他许多玩家联系在一起的情感是光明，那么PK公会"微笑棺木"所象征的恶意就是黑暗了。

另外，"微笑棺木"已经成了某种传说，不能否定其追随者……不对，是信奉者曾经在各种VRMMO里出现过。虽说也有The Seed Package原则上不允许PK的原因，但在完全潜行环境里，杀人行为应该也相当受人避讳才对。若其扩散开去的诱因是"在死亡游戏

SAO里有人到处屠杀玩家"的事实……那确实可以说是"SAO所衍生的黑暗"。

穆达希娜预言这种黑暗正在Unital Ring世界里凝缩，意思就是众多被安排在这片广阔大陆外围的The Seed游戏玩家们越是靠近世界中心，玩家之间的斗争就会激化得更加严重吧。

一开始是来自同一个世界的玩家们对战，接着就是与相邻世界的玩家团体对抗，挺过这一战的人们在即将抵达"极光所指之地"时还要继续厮杀，直到剩下最后一个团队……搞不好是最后一人。

这简直就像古代中国传说中的蛊毒一样。踩着数十万名被强制转移的玩家的死尸，成为唯一的赢家——穆达希娜的目标就是这个吗？难道她想把"更深、更黑暗的东西"融入自身，变成"另一种新的东西"？

"游戏而已……"

嘀咕完这一句，我就把最后一勺布丁送进了嘴里。集中精神感受单价三百五十日元的布丁那浓郁的口味后，我重新开始思考。不管谋划Unital Ring事件的人是谁，赢家也不可能突然领会什么超常的能力。广播那句"将把一切赠予第一个到达的人"中的"一切"估计就是游戏里的道具或能力值，就算不往那方面想，那八成也是现实货币之类的吧。

我要去"极光所指之地"的理由与穆达希娜不同——我想知道是什么人搞出了这些把戏，也想把自己和伙伴们的角色数据以及小木屋顺利带回ALO。尽管在这个过程中无法回避与其他玩家开战，我也不打算被穆达希娜的预言牵着鼻子走。这三天里，莫克里和修兹团队被我们全歼，来自Insecsite的海米等人却成了我们的伙伴。

当然了，海米是艾基尔的太太也是原因之一，但今后我打算和前ALO玩家们……若有机会，也想和来自其他世界的玩家合作，也是为此才建立拉斯纳里奥的。

随后我起身走到厨房把装布丁的玻璃瓶洗干净，再到洗脸台刷了牙，才走向自己位于二楼的房间。

在房间里换好衣服之后，我用手机给直叶发了一条信息："我先潜行了，冰箱里有布丁。"就在床上躺平，戴上AmuSphere，慢慢地深吸一口气——

"开始连接。"

呈放射状落下的七彩光芒随即将我的灵魂送往异世界，一场自强制转移以来最大规模的战争就在那里等着我。

6

现在已经有超过一半的伙伴聚集在小木屋的前院里了。

莉兹贝特站在铸铁炉前,"哐哐"地用锤子敲打着什么,诗乃则凝视着她手里的东西。亚丝娜和结衣在灶台前做料理,阿尔戈和爱丽丝则在门口附近聊天。艾基尔、海米和克莱因预计7点才来会合,扎里恩等人向爱丽丝讨教了狩猎"四眼大涡虫"的秘诀,似乎正在玛尔巴河那边努力刷级。

我走下门廊的阶梯,结衣一看见我就笔直地朝我跑来。

"爸爸,欢迎回来!"

"我回来了,结衣。看家辛苦了。"

结衣紧紧抱住我,我用两手抚摸她的脑袋,惹得她发痒,又俯视着她的笑脸,思考该如何在战斗中保证爱女的安全。

"你来啦,桐仔。睡眠不足可是会出问题的啊。"

阿尔戈将双手插在灯笼裤的口袋里,稍微朝这边探出身子问道。被她这么一问,我带着苦笑回答道:

"你看起来才有问题吧。开战之前最好去补个觉。"

"嗯?没事没事,通宵一两天就累趴下,可吃不了情报贩子这碗饭哦。"

"我是很感谢你这么为我们拼命啦……咦,等下,你现在登录游戏了,那之前说的SNS监视怎么办?"

"哦,你问那个呀。"

听到我的疑问,阿尔戈就把目光往下移,看了结衣一眼,微微一笑道:

"虽然这么做有点犯规，但现在是结衣在帮我确认。凭她的能力，我就是在线也能检查外部的SNS。"

"哦哦，原来是这样……"

了解情况后，我再次看向依然抱着我的结衣说：

"我说结衣，你这么做没问题吗？要是因此引发了'唯一性的动荡'……"

"没问题的！"

结衣果断地说完，又微微挺起胸脯继续道：

"我是在通过多任务方式处理信息，并没有复制自己的核心程序。通常我平均每天要同时处理一万个任务，多加一个也没什么大不了的！"

"一，一万……"

这番话让我不由得两眼发直地盯着结衣的小脑袋看。当然了，结衣的大脑……不，应该说是CPU并不存在于这个虚拟形象之中，她的核心程序大概在我房间的台式电脑里，还能同时处理多达一万件的任务，运作的声响却小得出奇，写在"电量使用通知单"上的当月电费也不是很贵。

我对结衣的爱是实实在在的，但另一方面，我对结衣的核心程序内部却是一无所知。让结衣展示这个内部，就等同于对爱丽丝说让我看看保存在光立方里的摇光……

在我这么思考期间，爱丽丝也走上前来，以略带严肃的表情说：

"桐人，如果你休息好了，要不要在大家到齐之前去周围的森林巡视一下？"

"巡……巡视？为什么？"

"如果我是穆达希娜，我会在大部队开始进攻之前派出几个暗探。若我们的行动受到监视，今晚的作战计划也会走漏风声。"

"嗯……我也担心这一点，所以昨天晚上就在森林里搜索了一遍，但没发现什么人。"

我边说边瞥了一眼昨晚和我一起搜索的阿尔戈，但这位情报贩子一脸愁容地低喃道：

"小爱说得没错，对方也可能今天才派出暗探。或者应该说，这么想才比较合理……小结衣，SNS那边是什么情况？"

被问到的结衣眨了眨眼睛便回应了她。

"在监视的二十一个账号里，有八个账号已经超过一小时没有新的动态，其余的十三个账号则多了一些类似'差不多该做准备了''我打算潜行到深夜''战斗开始了''真的好困啊'的发言。"

"原来如此。看来那边的集合时间也快到了。考虑到现实因素，她应该没法一个不落地把套上'绞环'的一百多人召集起来，但最好预测她能召集八十……不，九十个人……"

"有这么多人，派出五六个当暗探也绰绰有余了。姑且还是再侦察一次吧……"

我这么回了一句。可是该挑谁去侦察呢……就在我环视宽敞的前院时——

木制的大门"砰"的一声打开，同时还响起了一个爽朗的嗓音：

"Hey guys！"

*Insecsite*组的成员一个接一个地走了进来。打头的是亚克提恩大兜虫扎里恩，后面是南美黑艳锹虫维明，再下一位长得像是褐色的蝗虫。额头上的球状物体非常惹人注目，但更让我好奇的是蝗虫右手拉扯着的白色绳子。

绳子前端绑着一个长约一米七的细长物体……不，不对，是这个物体被绳子紧紧缠绕着。仔细一看，那东西好像还不规则地打着战。

我一时之间说不出话来,但很快就迈步走向扎里恩他们,回了一句招呼:"Sup guys!"接着扬起右手指着那个被缠绕的东西问:"So, what's this?"

听到我的询问,褐色蝗虫——学名好像是叫螽斯,玩家名是"尼迪"——默默地举起了那个物体。我细细端详,才发现这根白色绳子是由无数根极细的丝线拧成的,看上去比我们用草制作的粗糙草绳结实多了。

尼迪让这个悬挂的物体转了几圈,才慢慢解开了上端的绳子。和我想象的差不多,绳子当中冒出了一个人,确切地说,是一个前ALO玩家的脸。

"噗哈——!"

男人重重地呼出了一口气,我目不转睛地盯着他看,看肤色和发色,他应该是火精灵,但身材矮小又瘦削,还留着滑剪式的额发,眼窝深陷,左边脸颊上有一条用涂料画的粉红色直线。

他一看到我就尖着嗓子大叫道:

"啊,你也是这群昆虫人的同伴吗?!"

"嗯,算是吧。"

"可恶,要杀要剐随你们了!"

对方这犀利的话语让我顿感疑惑,总觉得以前也见过类似的场面……

先不管这个了,我正打算问扎里恩他们是在哪儿抓到这个男人的,但在我开口之前,背后就响起了一声高呼:

"啊——这个人!"

一转身就可以看见莉法晃着金色的马尾径直朝我们跑来。本以为她会再晚一些才出现,但其实只比我晚到了十几分钟。我正担心她今天是不是又翘了剑道部的练习,她却像往常一样活泼地和爱丽丝等人打了招呼，再次凝视这个被绳子绑着的男人。

"果然没错。哥……叫错了，桐人，就是那个人啊！"

"哪个人啊？"

我刚这么反问完，就又轮到那个男人大叫起来。

"你……你是桐人？！黑人老师？！"

"咦？我，我们在哪里见过吗？"

"是我啊！去年正月，我在鲁古鲁回廊和变成恶魔的你对战，还差点被你吃掉……"

两秒之后，我也大喊道：

"啊——原来是你！"

那应该是一年半前的事了。

从死亡游戏SAO中解放后，亚丝娜本应和我同时退出游戏，却不知为何一直不见清醒。为了查清原因，我潜行到ALO，与莉法、结衣一起以位于精灵乡中心的世界树为目标前进。中途我们在一个叫"鲁古鲁回廊"的迷宫遭到了火精灵特殊部队的袭击，我利用影精灵的幻影魔法变身成恶魔，靠着这个绝技好不容易击退了他们……还记得那时我在莉法的指示下活捉了其中一人，打算从他口中问出对方袭击我们的原因。

那时这个男人也嚷嚷了一句"要杀就杀"，但我提议"那些阵亡的火精灵掉落的道具都归你"的时候，他只用两秒就同意了这次交易。获得大量的稀有道具——这些本该是他同伴们的遗物——之后，他就喜笑颜开地离去了。自那以后，我们就再也没有见过这人……

"这可真是……不是，真的假的？"

我还是难以置信，在我盯着男人的脸看时，结衣从莉法身后

走了出来，很肯定地说：

"这个虚拟形象的外貌和声音的频率波谱都与当时的火精灵完全一致。"

"那就真是本人了……你来这地方做什么？"

"还问做什么……"

男人的视线明显有些游移。见他这副模样，我很快就明白过来了，便向依然握着白色绳子的尼迪请求道：

"Can you loosen the string a bit more?"

长着蝗虫脸的尼迪点了点头，让这个悬挂的男人又转了几圈，在绳子解开到他下巴位置时，我示意尼迪停下，然后仔细观察男人的脖子。那上面有一个黑色的环状图案，是"不祥之人的绞环"。

也就是说，这个火精灵也从阿尔普海姆被强制转移到了Unital Ring，加入了某支攻略队伍，还参加了斯提斯遗迹的那场联谊会。

我思考了一会儿，对男人说：

"这样啊，你中了穆达希娜的窒息魔法。"

话音刚落，男人就像弹簧似的直往后仰，一边在空中颤颤巍巍地前后晃动，一边用嘶哑的声音说：

"你……你认识那个女人吗？！也知道那个邪恶至极的魔法？"

"知道啊。还知道和你一样被套上'绞环'的一百多个玩家今晚准备攻击这座小镇。"

不知不觉间，所有伙伴都聚集到周围了。阿尔戈看似是在给扎里恩他们翻译我和男人的对话。

见对方哑口无言，我朝他靠近一步，继续说：

"是穆达希娜命令你来侦察这座小镇的吧？之后你就被昆虫们发现和抓住了，其他同伙……"

我看了扎里恩等人一眼，只见亚克提恩大兜虫和南美黑艳锹虫听完阿尔戈的翻译就同时耸了耸肩膀。

"看来是反抗后毙命了。所以呢，你打算怎么做？你知道这个诅咒是解不开的吧。那么你是想就此退出Unital Ring呢，还是要当俘虏，把你所知的情况都说出来？"

我竭尽全力摆出强硬的态度，逼对方做出选择。他的目光再次往左右两边游移了一会儿，才下定决心似的看着我的眼睛说：

"桐人，你明知道'绞环'的效果有多厉害，还打算和穆达希娜打吗？要是觉得那个魔法没什么就太天真了。它没那么简单，别以为只要做好心理准备，就算对方发动魔法你也扛得住。我也不想屈服于那个女人，但为了在UR活下去，我只能言听计从……"

被吊着的男人急切地说着，我抬起右手打断了他的话，接着用同一只手扣住自己铠甲的护颈，连打底的衣服一起往下扯，让他顿时目瞪口呆。

亚丝娜放低声量，紧张地喊了一声"桐人"。她会担心也很正常，我也觉得把自己受控于"绞环"一事告诉这个男人是一种很鲁莽的行为……万一他把这件事转告给穆达希娜，那在我的剑劈中她之前，她把法杖往地上一戳就可以封住我的行动了。

所以这是一次赌注——假如能从这个男人嘴里问出情报，就可以提升作战计划的成功率。为了达到这个目的，我必须让他相信我们或许能挣脱这个窒息魔法。

看到他陷入沉默，我便提出了追加条件：

"若你能把自己知道的情况都告诉我们，等今晚我们战胜了穆达希娜，她掉落的道具都可以归你。当然，那把法杖得毁掉。"

闻言，男人长吁一口气，带着无力的笑容说了一句："真的吗？"

火精灵自称"弗里斯科尔"，等尼迪把绳套解开，他就在广场中央一屁股坐下，先向我们要了一杯饮料。

亚丝娜给他倒的三杯温茶转眼间就被喝光了。我看着弗里斯科尔咀嚼刚出炉的"夺肉",向扎里恩问起事情的经过。

昆虫们的"四眼大涡虫"狩猎告一段落,原本打算回拉斯纳里奥恢复SP,但视力优异的碧翠晏蜓哈比发现了四名藏在灌木丛里的玩家。于是他们兵分两路靠近,可对方没等他们出声就发起了攻击,他们迫不得已地击毙了其中三人,并把企图逃走的最后一人——弗里斯科尔逮住,一路拉回拉斯纳里奥。听说绑住他的白色绳子并不是用素材道具自制的,而是尼迪嘴里吐出的丝。

现实世界里的螽斯虽然是蝗虫,但似乎也会吐丝。照这么说,这些昆虫是不是基本上都会飞呢?我以为是这样,但他们好像和ALO玩家一样被禁用飞行能力了。这个状况对蜻蜓、蜜蜂等等擅长飞行的昆虫非常不利,可是扎里恩面带遗憾地告诉我,即便是在原版Insecsite里,昆虫们的飞行距离也被限制在一个很短的范围内——听说是因为开服初期有些笨蛋玩家下线后还想着能从自家楼梯上飞下去,结果受伤了……

不管怎么说,通过爱丽丝亲授的"涡虫刷级法",Insecsite组的平均等级也提升到了15级。虽说与我们ALO组还有些差距,但应该比仍在斯提斯遗迹周围刷级的穆达希娜大军高了不少。遗憾的是,这点优势大概还是很难弥补双方的人数差距,必须从弗里斯科尔嘴里挖出点情报来。

等弗里斯科尔的SP、TP都恢复了,我们就把审讯的任务交给了以撰稿人兼调查员的身份活跃于现实世界的阿尔戈。"老鼠"以不容小觑的话术直攻人心,仅用十五分钟就从弗里斯科尔那里问出了足够的信息。

据他所说,穆达希娜大军的人均等级大致在10或11级,出发时间是在晚上9点,比我们预想的稍晚一些。正如我们所料,他们会沿着玛尔巴河东岸进攻，预计会在凌晨0点整抵达拉斯纳里奥。作战方式也几乎和我们预计的一样：首先破坏周围的森林，整出一块平地，如果我们守在镇子里，就用圆木破坏城墙；如果我们出来迎击，就把我们团团包围，再由穆达希娜发动"绞环"。

除去侦察队的四人，目前还有八十七人会参战，但那些因为现实世界的情况实在无法参加的玩家貌似就无权分配战利品，也得不到奖金了。

"奖金有多少？"

莉兹贝特插了一句嘴，弗里斯科尔半信半疑地回答道：

"她说每人有10艾尔，但是我觉得很不可信。毕竟要给一百个人分奖金，那就得有1000艾尔了。我花一整天收集素材也只能换来30镝姆，单凭穆达希娜，凭'假想研'那四个人怎么可能存够1000艾尔？怎么想都觉得不可能啊。"

所谓的"假想研"，应该是指穆达希娜的队伍"假想研究会"吧。我还不知道那支队伍只有四名成员，除穆达希娜以外的三人明明知道"绞环"的效果，但在竞技场时，为了让那个一网打尽的计划成功，他们还是硬着头皮被那个魔法打中，还扛过了之后的窒息演示。

"那个'假想研'的其余三人都是些什么人？"

听到我这么问，弗里斯科尔轻轻摇头道：

"嗯……我也不是每个人都很清楚。有两个是女人，名字叫'维奥拉'和'黛娅'，都是单手剑士，容貌和体格都一模一样，就像双胞胎似的，还有一个叫'玛吉斯'的男人，是暗魔法师。这几个人算是军队的副首领，两个女剑士完全不搭理我们的闲聊，和男法师聊过几句，倒感觉是一个挺和气的家伙。可怎么说呢……总觉得怪怪的……"

看弗里斯科尔的表情，他好像还有话想说，但一时找不到合适的词语。咕哝了几下之后，他终于放弃似的耸了耸肩膀，说：

"总之，包括穆达希娜在内，那都是一些难以捉摸的家伙。游戏刚开始就那么强，我还以为他们在ALO里也是排名靠前的玩家，但是见过他们的人都说连名字都没听说过。你们呢？"

被反问的我们也面面相觑。他这么说也确实有些道理，但所有人都默默地摇了摇头。

"有没有可能是假名？在这个世界，在发起或者遭到攻击之前，光标也不会出现吧？穆达希娜在竞技场里发动'绞环'的时候，我离得太远了，看不清她的光标……"

听我说完，弗里斯科尔就用左手的食指在空中转了几圈。

"除了光标，还有一个方法能看到别人的名字吧。除穆达希娜以外的三人都和我加入了同一个大规模强袭部队，我在视野的这个位置可以清清楚楚地看到显示的角色名。维奥拉是'Viola'，黛娅是'Dia'，玛吉斯是'Magis'……看着就是很常见的角色名。"

这些名字听着还是很陌生，我一边思考，一边看向结衣。她应该记得此前在阿尔普海姆接触过的所有玩家的名字，但她也迅速地摇了摇脑袋。

在即将逼近真相的时候又增添了谜团，不过——

"不管怎么说，我们要做的事都不会改变。打败穆达希娜，解决后顾之忧，前往这个世界的中心。虽然从第一天晚上开始就出现了各种状况，但在今晚，我们要解决这一切！"

我高呼一声以鼓励伙伴们，聚集在小木屋前院的所有人——还有弗里斯科尔——都举起一只手，异口同声地喊了一声：

"好——！"

艾基尔、海米和克莱因也在约定时间前来会合，全员到齐后，我们就几个问题进行了讨论，随后在晚上8点整出发离开了拉斯纳里奥。

第一个问题是，俘虏弗里斯科尔该怎么处置？他被扎里恩他们带来时的反应完全不像是演的，但他也可能是个双重间谍，故意束手就擒，假装交出情报，实则把我们这边的信息泄露给穆达希娜。若这里是艾恩葛朗特，倒是可以把他关进带锁的房间，但Unital Ring随时可以离线——我们没法拦住他在现实世界联系同伴。他肯定也把三个同伴被打倒一事告诉穆达希娜那边的人了吧。

我们与弗里斯科尔隔着一段距离做了各种商议，最后决定带着他一起出发。虽说这么做有些不人道，但我们打算在开始做迎击准备之前先用尼迪的丝线把他紧紧绑住，再在附近找一棵树吊着。这样他的手就不能动弹，没法调出环形菜单，也没法退出游戏了。要是心跳或尿意指数超出标准值，AmuSphere就会自动断线，到时我们会花几分钟等他再次潜行上线，万一他没回来，就只能认定他叛变了。姑且也问过本人的想法，问他是想"被绑着跟我们一起走"还是"留在巴钦族居住区受人监视，敢调出菜单就拉去斩首"，他神情严肃地深思了好一会儿，选择了前者。

第二个问题是，那些巴钦族和帕特尔族的人该怎么办？

从我的角度出发，我是绝对不想让任何NPC牺牲，所以希望他们都能留在拉斯纳里奥，但两个种族的人都强烈表示"这里已经是我们居住的小镇了，我们要靠自己守住它"，最后只好选择折中方案，两族各自挑选出五名战士与我们同行。不消说，巴钦族的首领伊塞尔玛、帕特尔族的首领查丽——这一位碰巧也是女性——与各自族里最精锐的四名战士都加入了这支队伍。

这样一来总人数就达到四十一人了，其中有我和伙伴们共十一人，海米和她的同伴共二十人，还有十个NPC，另外米夏、阿黑、阿鼹和毕娜也会参战。

晚上8点30分，我们来到了昨晚我和阿尔戈事先选好的地点。

接着我们先把被绑起来的弗里斯科尔吊在一棵离河边稍远的树上，然后是NPC除外的所有人一齐开始用道具栏里储存的素材制作迎击战最重要的机关。在现实世界，就算用上重机，这个大工程也得用一个月才能完成，但在这里，只要掌握了技能系统的要点，光靠右手的手势就可以轻而易举地进行操作。

调整细节花了一些时间，但到9点30分就完工了。接下来只等穆达希娜大军大驾光临。

敌军应该会在晚上9点从斯提斯遗迹出发，若条件允许，我也想派出暗探去探查他们的位置，但我不敢保证我方暗探会不会像弗里斯科尔一样被人发现和抓住。

对方也可能会在出发前临时更改前进路线，倘若他们不打算沿着安全的玛尔巴河河滩过来，那说不定会改为深夜穿越杰鲁埃特里奥大森林。南边基本上不会出现危险的怪物，但那也是因为我们人均已经超过15级，那些频繁涌现的蝙蝠和狐狸可比斯提斯遗迹周边的小动物型怪物强多了。

据弗里斯科尔所说，穆达希娜大军的防具都是皮革制的，假如我们派出"棘针洞穴熊"这种等级的大型野兽，即便对方是将近九十人的大部队，也应该能造成一到两成的损伤。穆达希娜大军的作战计划就是用人海战术包围来制止我方行动，那她大概也不想看见行军过程中有人落马。

总之，他们的优势就是人多。为了活用这个优势，他们必须找一个广阔的空间，因此肯定会沿着玛尔巴河北上。

就在我看着完成的机关开始运行，苦思冥想，想把这个推测转变为确信时——

"对不起，爸爸。"

结衣走了过来，仰起头对我说道。

"咦，怎么了？"

"如果我还是导航精灵，就能搜索广域地图的数据，掌握敌军的接近路线了……"

她沮丧地耷拉下脑袋，我在她面前屈膝，与她视线持平，抱住她轻声说：

"我倒是很高兴结衣变成玩家了。看到你不再具有无敌属性的时候，我的确有些担心……不过这样一来，我们就能共同分享更多的东西了吧？虽然还是让你帮忙解读NPC语言和监视SNS了，但这些都是你凭自己的能力做到的，而不是依靠连接游戏系统。所以，怎么说呢……"

我说到这里就语塞了，却有另一个温柔的嗓音从我脑袋上方飘落：

"结衣，你是我和桐人的孩子，不用那么拼命的。"

亚丝娜不知何时来到我身后，在我旁边蹲了下来，轻轻地抚摸着结衣的脑袋。依旧被我抱着的结衣伸出左手，紧紧揪住亚丝娜的连衣裙。

"妈妈……"

"当然啦，看到你这么努力，我也很开心。可是你好不容易才能当一次玩家，我还是希望你能好好享受这个世界。现在马上就要开战了，我这么说或许有些矛盾……但我觉得，尽全力迎战真刀真枪的对手，也是享受游戏的一种方式哦。"

听着她声色温和地说的这些话，我猛地睁大了双眼。

自从在斯提斯遗迹被套上"绞环"以来，我总是在推测穆达希娜的恶意，还因为太在意她所说的"黑暗"，险些看见了自己心中的阴霾。

但退一步俯瞰，其实穆达希娜也只是Unital Ring这个VRMMO游戏里的一名玩家而已。这个世界的骤死赛（**注：若竞技时间结束时仍未能分出胜负，就以延长赛中先突破比分的一方为胜者的赛事**）规则是很残酷没错，可与艾恩葛朗特不一样的是，这并不至于夺人性命。就算接下来发生大规模的PvP，也不会变成血流成河的互相厮杀……

我分别将左手和右手绕到结衣和亚丝娜的后背，紧紧地抱住了她们。

"嗯，我们尽全力拼一次……然后好好享受这个世界吧。即使最后落败，那也只是游戏里的事，失去的东西总有一天能拿回来的。结衣只要以玩家的身份和我们待在一起，尽力帮我们做些力所能及的事情就好了。"

等我低声说完，把脑袋埋在我和亚丝娜胸前的结衣就用细微却非常坚定的声音回道：

"好的！"

她话音刚落，原本睡在旁边的阿黑就"嗷呜"了一声，像是在表示赞同。我往那边望去，发现稍远处的伙伴们正面带笑容地看着我、亚丝娜和结衣。

11点整，所有人就位，巴钦族和帕特尔族以外的成员组成大规模强袭部队，做好了万全准备。

11点30分，一直用黑卡蒂Ⅱ的狙击镜监视下游的诗乃发来信息，说发现了疑似火把的光点。

11点45分，潜伏在树荫里的我也捕捉到了摇曳的橙色火光。

7

无数道靴子踩过河滩沙石的声响在暗夜里显得尤为沉重。

将近九十人的大部队,而且是在胁迫下形成的临时团队,竟没有传出一点闲聊的声音。不愧是以攻略Unital Ring为目标的人,管制比我料想中还要严谨。

但要比士气,我们这边也毫不逊色。虽然是由原ALO组、原*Insecsite*组和两个种族的NPC混合而成的队伍,但潜伏在玛尔巴河两岸森林中的四十个人和四只宠物都彻底隐去了气息,连我都听不到呼吸声。

穆达希娜大军正以稳定的节奏靠近河滩较为宽广的玛尔巴河东岸。现在不仅能看到火把,皮革防具在火光照耀下散发的朦胧光辉也能看得一清二楚。

问题是,穆达希娜本人在队伍里的哪个位置呢?必须先确定她在哪里才能启动机关。现在桐人军——为了方便,我不得不接受这个称呼——分成两支小队藏在河岸的树丛里,东岸队伍由我,西岸队伍则由亚丝娜指挥。我、亚丝娜,还有一直在上游待命的诗乃都打开了环形菜单,谁先看见穆达希娜,就通过好友信息将位置告知其余两人,但她们目前都没有发来消息。

因为浮窗发出的光很可能暴露我方的伏击行动,一行人里只有我们三人会一直开着菜单。为了挡住这簇光,我、亚丝娜和诗乃都披着厚重的黑布,躲在灌木丛里。若准备的黑布够多,还能多找几个人一起开着浮窗,只可惜亚丝娜还没有成功开发出黑色染色剂。现在我们披在身上的布是将阵亡玩家掉落的纯黑遗物袋拆解后重新缝制的。

我轻轻掀起黑布，透过细缝紧盯着河滩那边。大部队最前方的摇曳火光已经来到离我们不到二十米的地方，玩家们的身影也是清晰可见。

队伍最前面有几个"坦克"负责加强防备，他们穿着打了铆钉的皮革制镶钉甲，手上拿着圆形的牛皮盾。碍于他们高大的身材和盾牌，我看不到后方的情况。要想找到穆达希娜就得等前卫走开，但这样一来，他们从河滩那边发现我们躲在仅有一米之高的森林里的风险就会变大。

趴伏在我右边的阿黑绷紧了柔软的身体，我用右手轻轻抚摸它的后背，低声让它冷静。米夏也在东岸这边待命，阿鼷则和亚丝娜一起待在西岸，现在只能祈祷它们能安静地待着了。

位于队伍最前端的三名"坦克"经过离我仅有五米的河滩，中间那个高个子的男人看着有点眼熟，是主持斯提斯遗迹那场联谊会的"绝对存活队"首领——霍尔加。在台上表现得那么爽朗的司仪，现在却顶着一张神情紧张的侧脸。

以皮革铠甲而言，"坦克"们所穿的镶钉甲也算是重装了，但因为没有戴护颈，我可以清楚地看到他们的脖子——在橙色的火光下，那漆黑的环形清晰地浮现了出来。

穆达希娜说过，她要用这个受诅咒的"绞环"让ALO玩家们团结起来，引导他们前往终点——但是，这种结果根本不能称之为通关。带着窒息的恐惧一味地执行命令，这样怎么能够享受游戏的乐趣呢？

我不会否定穆达希娜的玩法。同样是被困于Unital Ring的玩家，她大概也在努力做到最好，那我们也只管尽全力对抗就好了。

霍尔加率领的"坦克"小队刚从我眼前经过，手持短剑或匕首、身穿布制防具的轻装侦察小队就紧紧跟上,但我还是没能找到穆达希娜。难道她另有行动?不,假使真是这样,那霍尔加他们多少也会交谈一下才对。那个魔女一定就在队伍里的某个地方。

在哪儿——她会在哪里?

用不了三分钟,前方的队伍就会抵达我们设置了机关的地点。到时我们无论如何都必须启动机关,但打中穆达希娜的概率就会大幅度降低。

估计诗乃已经在上游的待命地点等得不耐烦了,我很想发条信息告诉她再忍一会儿,但实在没有那个闲暇了。我尽力将双眼睁到最大,默默地注视着前进的大部队。

"夜视技能的熟练度上升至7。"

突然冒出的窗口挡住了我的视野,就在我按捺焦躁的情绪,迅速关掉浮窗的那一刻——

侦察部队后方有一支人人身穿皮甲、手持单手剑的攻击者小队,而在队伍大约中央的位置——我看到了那把深深烙印在记忆里的法杖。

镶嵌着巨大宝石的菱形杖头……拿着这把长杖的是一名身材纤细、身穿白色长袍,把兜帽压得很深的玩家。没错,那就是魔女穆达希娜。

她前面有两个娇小的单手剑士,身穿同款的黑色皮甲,虽说都是皮质的,但看着相当高级。她们还戴着同样材质的帽子,因此看不清容貌,不过那应该就是弗里斯科尔所说的"维奥拉"和"黛娅"了。

紧跟其后的是一个身披全黑长袍的高个子法师,他所持的法杖也很长,但没什么特征。那就是名叫"玛吉斯"的黑暗魔法师了吧。这四人就是"假想研究会"团队的所有成员了。

两名剑士加两名法师，这个构成还算可以，但是两名法师都使用黑暗魔法，该怎么保持均衡呢？本以为他们从ALO继承了黑暗属性的魔法技能，但在Unital Ring里有着严格的限制，继承而来的魔法技能都会被封印起来，必须使用相同属性的"魔晶石"才能解锁。魔晶石本来就很稀少，他们是从哪里弄来两块黑暗属性的石头的？

我很想知道这个问题的答案，但可能没机会问了——最多再过十分钟，我和穆达希娜中的一方就会毙命。

穆达希娜被犹如近卫兵的攻击者小队包围着，步伐稳健地朝我们靠近。脚下的河滩到处都是拳头大小的石头，她虚拟形象的上半身却几乎不见晃动。其他三人也是如此……看上去都相当惯于在完全潜行环境里行动。照这么说，他们的感觉或许也相当敏锐。距离缩到最短的时候，伏击被发现的风险也会达到最大。

一行人一直盯着正前方，保持着一定的步调往前走。他们走近我藏身的灌木丛……从我正前方经过，然后朝上游地段走去。领头的霍尔加等人已经遁入黑暗，完全看不见了。

队伍前方有一段落差约两米的小瀑布，正发出欢快的水流声。当然，河流两边的空间也被相同高度的陡坡挡住了，只不过地层被刨成了阶梯状，即便是重装战士也可以轻松攀登。

然而，他们并没有爬上陡坡朝上游前进。

两个半小时前，此处还不存在这条飞流直下的瀑布——我和伙伴们选择了一个左右两边的河岸突出一块的地点，运来大量的圆木和石头，堵住河流，造出了临时的堤坝。

这个作战计划的灵感来源是前天夜里，我在从斯提斯遗迹回来的路上经过一个位于瀑布内部的洞窟，并尝试用建筑功能封住了入口。原本我也以为这是不可能实现的事，但阿尔戈那句"这个游戏是在挑战我们这些玩家的游戏常识"给了我一个全新的着眼点。

在Unital Ring世界，玩家被赋予了超越SAO和ALO的自由度，其中包括能在一定程度上改变地形。虽说不可能一上来就用"石墙"堵住河流，但只要巧妙地避开水压进行操作，要在水流中建造点什么也不是不可能完成的任务。

在河道宽度缩短至约五米的地方，我先是每隔一米就嵌入一根结实的圆木，又在每一根圆木柱子之间设置了高约三十厘米的"石垣"，而不是石墙，一点一点地垫高了堤坝。

从上流一眼就可以看出拦截河流的是人造物体，但从下游望去就是湍急的瀑布水流挡住了堤坝。玛尔巴河的下游有一条落差达三十米的巨型瀑布——前天晚上，我、爱丽丝和阿尔戈曾坐着独木船从那里坠落，所以这段两米的瀑布大概也不会让人觉得不自然。事实上，队伍领头的人也没有停下脚步，正一步步地靠近瀑布右侧的阶梯状石崖。穆达希娜也没有叫停他们的意思。

我可以隐约感觉到潜伏在周围的伙伴们传来了令人发麻的紧张感，估计所有人心里都只念叨着一句"快点，快点"，但是还差一点……必须等穆达希娜等人足够靠近瀑布再出击，不然他们很可能从河岸边上逃走。

还差一点……还有一米……

就是这里！

我按下好友信息输入栏里的发送键，事先输入好的五个字符："FIRE！"随即传到了亚丝娜和诗乃那里。

半秒之后，五米宽的瀑布中央出现了一个巨大洞穴，其延长线上的河面立起一根水柱，下一瞬间就响起了雷鸣般的冲击声。

"哇啊？！"

"打雷了吗？！"

穆达希娜大军一下乱了阵脚，到处都传出了惊慌的声音。可是，接下来才是真正让人震惊的一幕。

我们制作的堤坝由五根柱子支撑，其中位于左右的四根都是环松木制，中间那根则是用耐久度较高的稀有树木——杰鲁埃柚木做的。

面对打在堤坝上的巨大水压，这些圆木足足撑了两个半小时，刚才却瞬间被打得粉碎。造成这一现象的是诗乃的爱枪——黑卡蒂Ⅱ发射的12.7mm子弹，是恐怕无法在这个世界里补充的、仅剩的六颗子弹中的一颗。

在小木屋的会议上，我们当然也讨论过是否要用黑卡蒂狙击穆达希娜本人。可是黑卡蒂是继承来的，这种怪物级武器需要具备和我的"断钢圣剑"同等、甚至是更高的能力值才能装备，现在的诗乃根本无法使用。克莱因建议制作一个可搬运的枪架，艾基尔也提出他来负责扛枪，但这两种方法都无法实现精准狙击。

于是我决定用圆木和绳子将黑卡蒂牢牢固定，这样虽然不能移动准星，但可以准确地打穿一个点——目标不是玩家，而是支撑堤坝的杰鲁埃柚树圆木。

若能击中要害，这种子弹连"夺命者"都可以一枪毙命，更能轻易击碎直径五十厘米的支柱。而击碎之后会产生什么后果呢？

轰鸣声几乎让人彻底遗忘一秒前的枪声，随着这声巨响，失去支撑的堤坝从中间部分开始崩塌了。

混杂着无数石块和圆木碎块的水流得到释放，化作怒涛。穆达希娜大军的前卫小队原本走在河滩上，根本来不及逃跑就被吞噬了。即使是重装战士，也扛不住堤坝储蓄了两个半小时的水流的力量。好几个人试图横穿河流爬上河岸，却连河岸的边都碰不到，就带着阵阵惨叫被卷进浊流里冲走了。

混乱之中，我仍然目不转睛地盯着队伍中央。

真该说"假想研究会"那四人确实有点实力，看见迎面而来的洪流也没有表露出一丝恐慌。穆达希娜只是停在了原地，黑衣剑士维奥拉和黛娅则异口同声地喊道：

"所有人快上岸！"

与此同时，她们也准备退到河流东岸——那正是我们潜伏的森林，但周围聚集的几十个攻击者反而挡住了她们。被水流冲走的"坦克"和侦察兵们一个接一个地撞上攻击者，揉成一团，成了巨大的障碍物。

就在穆达希娜等人进退维艰的下一刻，怒涛彻底淹没了他们四人。不管能否保持冷静，都不会有一个玩家能在这股浊流中站稳脚跟。

在确认那四人被冲走的瞬间，我发送了一条信息：

"Go！"

我姑且也给诗乃发了同样的信息，但这句话其实是对亚丝娜说的。我们同时冲出了树丛，用手势指示潜伏在周边的伙伴赶紧移动。

接着我让阿黑提前一点出发，自己也全力在森林和河岸的交界处奔跑。即便是全速狂奔，也很难追上被冲走的穆达希娜一行。说不定已经有玩家发现了我们，但他们仍在遭受浊流的蹂躏，光是保命就很费劲了，估计也没法叫出声来。

奔跑之间，洪流的水势也在逐渐减弱。首先是重装玩家撞上河底的石头和沉木，不再漂流，然后是中装玩家被拦住，轻装玩家还浮在水面上，装备重量或许是大部队中最轻的玛吉斯和穆达希娜被冲到了几乎最前列的位置，而维奥拉和黛娅似乎被分开了。

到这一步为止的情况基本与我们计划的一致,接下来只需等待穆达希娜停下,虽说玛吉斯在她周围是一个不定因素,但以法师的能耐大致也无法应对突袭。

浊流的水位越来越低,轻装玩家们也被地形拦下了。他们独力逃到了河滩上,人数渐渐减少。穆达希娜和玛吉斯仍在随波漂流,隐约可以看见前方有一个面积不小的河中沙洲,两人便更改路线,往那里移动,然后用法杖的金属箍去戳被砂砾覆盖的沙洲前端……停了下来。

就是现在!

"上!"

我低呼一声,从森林里冲了出去,直接跳到一米下方的河滩,一落地就拔出长剑,朝着位于前方十几米处的穆达希娜全力奔跑。河滩和沙洲之间有流淌的河水,但因为被沙洲一分为二,宽度也不足五米,应该能借剑技的力量跨越。

亚丝娜率领的小队同时冲出对岸的森林,一路冲刺。轻装玩家们发现了我们,惊呼声、怒吼声从上游传来,但以米夏打头的另一支小队已经赶往那边解决。

我的任务就是让穆达希娜从Unital Ring世界永久退场。老实说,不分青红皂白就动手有违我的作风,但从她给我的脖子上烙上纹样的那一刻起,我就知道她并不是一个可以靠对话来达成和解的人了。为了解救那些正受她控制的玩家,不让我的伙伴遇到同样的事,现在我必须坚定不移地履行职责。

在沙洲突出的一端,穆达希娜和玛吉斯都发现这场突袭是我们发起的了,正在想办法起身,但或许是因为被浊流弄得头晕目眩,或者是吸水过多的长袍太重了,两人的动作都很僵硬。在这个距离下,不管他们想使出什么魔法,我都可以用剑技扰乱他们的手势。

我打算使出上段跳跃技"音速冲击",把爱剑抬到右肩上方,摆好架势。

双方间隔还有三步,两步——

脚下的河滩突然亮起了蓝紫色的光辉。

并不只是发光。大大小小的石头表面都出现了由曲线、纹样和符号组成的复杂图案。这是……这个魔法阵是……

"不祥之人的绞环"的前置特效。

这个直径达五十米的魔法阵完全围住了由我和亚丝娜率领的小队。可是,为什么?眼前的穆达希娜只是在用法杖撑着身体站着,根本没有做出发动魔法的必要手势。玛吉斯也一样。

不对,现在不是错愕的时候。我已经中了"绞环",不能让伙伴们重蹈覆辙。

穆达希娜呆立着不动,她身后却升起了一只模样只能以"邪神"二字来形容的怪物。上半身是女性形态,下半身却是大堆的触手,长着四条手臂,有两个肘关节,还有一个长着无数棘刺的脑袋。

"各位,还有阿黑,快跑到魔法阵外面!"

我尽我所能地扯着嗓子大喊道,发动了"音速冲击"。虽说不知道她是怎么发动魔法的,但若能立即将她摆平,那就算伙伴们逃不出去,也能永久解除"绞环"的诅咒。

"喝!"

在感应到系统辅助启动的瞬间,我带着狠劲踩蹬地面,一口气跳过了宽约五米的河面,对准穆达希娜毫无防备的肩膀挥出倾注了全身力量的斩击。

锵!冲击声响起,一阵甚至能让手肘发麻的坚硬手感随之传来。玛吉斯从穆达希娜后方以惊人的速度伸出棍棒——用那把扭曲树枝般的法杖挡下了我的长剑。钢制的刀刃砍进法杖前端十多厘米，但看来这把法杖的质量比外表所见还要好，我不得不停下了动作。

剑技的威力扩散开去，化作一阵疾风，掀起了穆达希娜的兜帽。

一头乌黑长发随风飘扬，在魔法阵光芒的照耀下，显露的脸庞看似十分苍白。

清秀的美貌还是记忆中的样子，却又带来一种尖针般的不协调感，贯穿了我的大脑。原因在于……那双眼睛。她脸上并没有表情，睁大的灰色眼眸却表露出了些许恐惧——我在遗迹那里看见的她，即使剑尖逼近到离眼睛仅余一毫米的位置，大概也丝毫不会露怯。

这是另外一个人，是替身。

在我意识到这一点的同时，邪神的四条手臂也发射出了无数光弹。

随着犹如怪物哀号的奇怪声响，飞射的光弹陆陆续续地击中了试图逃出魔法阵的伙伴们。遗憾的是，看这个时机，大概没有人能成功逃脱。就连我眼前这个明显是替身的人也被光弹打中了露出的脖颈，打起了趔趄。邪神按人数发射完光弹，就像融解似的消失了。

穆达希娜应该就在这附近，为了使我们掉进"绞环"的圈套，她特地准备了一个替身，并让替身拿了一把一模一样的法杖——然后让我们一个不落地中了窒息魔法。仔细想想，穆达希娜是和"假想研究会"的同伴一起出现在斯提斯遗迹那场联谊会上的，还成功得到了其他团队的玩家们的信任，将他们一网打尽。相信她的同伴们也知道自己是诱饵，做好了心理准备，这无疑是一个非

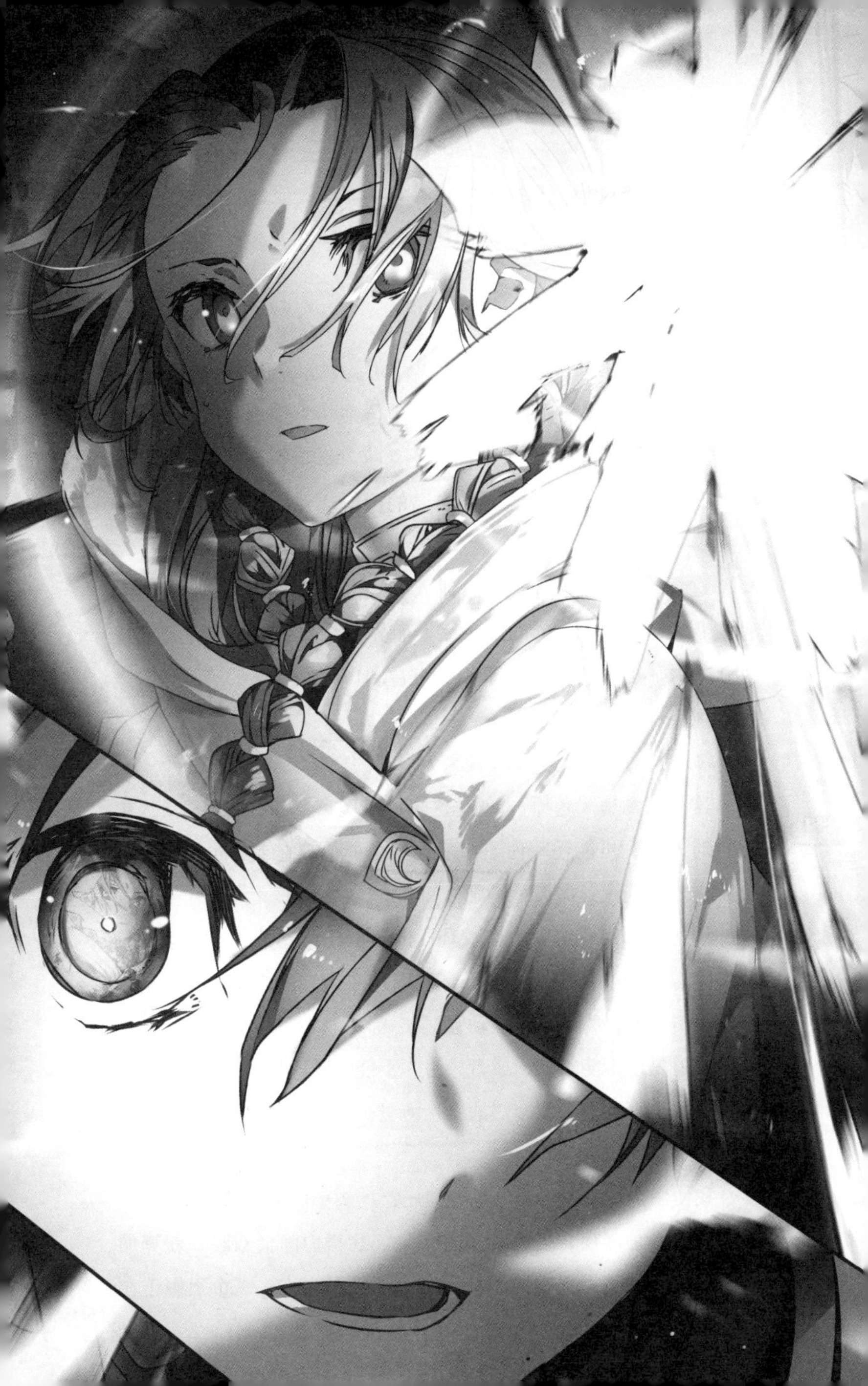

常聪明的作战计划,却让人很气不过。

我的长剑仍然与玛吉斯的法杖交错在一起,我向失了神的替身女玩家问道:

"这样真的好吗?"

回应的并不是替身,而是像背后灵一样站在她身后的玛吉斯。

"真是服了。"兜帽深处的黑暗中传来一个像是在教导我的声音,"我说桐人,我不会否定你的正义感,但我们也是在竭尽所能地攻略这个游戏,你不觉得把自己的价值观强加在别人身上很不妥吗?"

这个轻柔的低音让我联想到了学校的老师,措辞却非常尖锐。他说得没错,MMORPG的玩法因人而异,将自己的道德伦理观强加于人并不是一件好事。不仅是声音和口吻,就连话语都很有老师的风格……

就在这时,我产生了一种毫无根据的直觉。

这个人就是"老师"。就是这个神秘玩家教会了莫克里等人怎么打对人战,可能还唆使了修兹他们。那他现在或许也是出于某种意图才和我说这些废话的吧。

穆达希娜给我们套上"绞环"的目的已经达成了,接下来只需发动效果就能让所有人屈服。明明这个魔法的必要手势只是用法杖敲击地面,为什么不发动呢?

难道是还不能发动,或者她身在不能发动的场所?

那就是脚下不是地面的地方,河里……不。

"在天上!"

我使出全力把右手上的剑往前压,抬头望向上空。

虽然已是深夜,但天上还有星星。我努力睁大双眼,就算加上夜视技能的辅助,视野的亮度也仅能提升少许。一个黑影正在深灰色的夜空里无声地盘旋着。那只巨鸟的双翼看似有三米多长，从地面看得不是很清楚，但穆达希娜应该就坐在它背上。之所以在空中盘旋，大概也是在看森林里有没有能安全着陆的地方。

若是让她落地，这回就真的只有死路一条了。必须趁她还在空中的时候想办法解决。可是剑技碰不到那个高度，我方的投掷道具也只有结衣的火属性魔法、我的腐属性魔法，还有诗乃的黑卡蒂。黑卡蒂的准星被固定得死死的，无法瞄准空中的目标，火属性魔法只有初期咒语"火焰箭"能用，想必也无法击落那只大鸟。而我的腐属性魔法"腐弹"……除了讨嫌就没有别的用处了。

我往河流的上游方向看了一眼，发现原本被卷入洪流的穆达希娜大军玩家们已经陆续站起身来了。一旦他们摸清楚情况，就很可能会遵从穆达希娜最早的命令，对我们发起攻击。不知道玛吉斯他们会不会喊停，但我也不能干等着任事态发展。

剩下的方法就是捡起河滩上的石头，当武器扔出去了……就在我想出这个自暴自弃的方案时——

"吼啊啊啊啊啊啊！"

身后响起了一阵凶狠的咆哮声。

回头一看，只见"棘针洞穴熊"米夏站在河滩上，张开两只前臂，全力让庞大的身躯后仰——它胸前的白色锯齿花纹在星光下发出了淡淡光芒。

有了，我们还有一种投掷道具。

米夏胸前的花纹闪烁着耀眼的光辉，从那里射出的无数棘针就像对空机关枪子弹一样横穿夜空，吞噬了在五十米以上的高空中盘旋的巨鸟。难以计数的羽毛无声无息地从上空飘落。

这下没能把巨鸟的HP削光，却也搅乱了它在空中飞行的姿势，差点就顺势摔下来了，可它还是拼命扑扇翅膀，稳住了身形。

糟糕。从穆达希娜的角度想，她完全可以选择离开这里，但这样我们恐怕就不会再有机会打倒她了。

把它打下来吧！我在内心祈祷的同时——

巨鸟右边胸口的羽毛又一次被打散，接着还有"砰"的一声枪响。听着不像是黑卡蒂的声音，估计是诗乃离开了原先的岗位，拉近距离，用滑膛枪进行了狙击。

追加的伤害终于让这只巨鸟再也飞不起来，它无力地扇着翅膀，慢慢往我们所在的河滩降落。随着高度下降，跨坐在鸟背上的人影也越发清晰。

穆达希娜自己似乎没有被棘针击中，但事到如今，她也无法选择降落地点了。能不能在落地的瞬间就将她击倒……将决定这场战斗的结局走向。

我突然放松大腿的肌肉，没有做任何预备动作便沉下身子，将劈进玛吉斯那把法杖的长剑移到右肩上。微微调整姿势后，剑身就被一抹蓝光包裹了。当长剑无法动弹时，可以通过这个技巧活动身体，强行进入剑技的前置动作。

"唔……"

玛吉斯低吟了一声，试图往后跳，却为时已晚。

那个替身玩家一直在我跟前呆呆站着，我用左手推开她，用右手的长剑发动了单发技"垂直斩"。

伴着一声闷响，玛吉斯的法杖和他握着法杖的左手手指都被切断了。在修复部位缺损之前，他应该也无法做出魔法的发动手势。我本想顺势给他最后一击，只可惜没有那个时间了。

"各位，往巨鸟落下的地方打！"

我大喊一声，越过倒地的玛吉斯，发起冲刺。

原本还在心里祈祷巨鸟能落在下游没什么人碍事的地方，但再怎么说，情况也不可能那么称心如意。一路旋转坠落的巨鸟眼看就要落在离沙洲约二十米的上游西岸了。

穆达希娜大军的玩家们都挤在右侧的河面上，但他们看似还没有从洪流冲击的震惊中清醒过来，也可能是受米夏的怒吼声震慑，行动显得很拖沓，所以我们还有时间向落地的穆达希娜发起一次攻击。

这次我随便一跳就越过了河流，来到了西侧的河滩。拔出细剑的亚丝娜就在左侧和我并排奔跑。

我迅速朝她那边看了一眼，只见她纤细的脖子上多了一个漆黑的圆环，侧脸却不见一丝惊恐的神色。那双眼睛里只有集中到极限的注意力，那迅猛的速度让人想起了她的别名——"闪光"。

穆达希娜乘坐的巨鸟是一种长着浑黑羽毛的猛禽类。我分不清那到底是雕还是鹰，但那锐利的爪子和鸟喙的攻击力应该不容轻视，不过现在好像光是减缓坠落的速度就让它费尽了全力，还是别把它算作敌人好了。我们的目标只有穆达希娜一人，要在她从巨鸟背上跳到地面的那个瞬间将她打倒。

我一边奔跑，一边推算发动剑技的时机。

大脑里映出了几秒后的场景。在巨鸟猛地撞上河滩的前一刻，穆达希娜从鸟背上跳了下来，刚落地就用法杖敲击了地面。我要在她落地的同时用"音速冲击"打中她，便开始在脑中倒数，七、六、五……

就在这一刻——

下坠的巨鸟分离出一个小小的影子。穆达希娜跳下来了。

"呃！"

仍在奔跑的我倒抽了一口气。她离地面还有二十米以上，从那么高的地方坠落，想必无法稳稳落地。除非她将"机敏"能力

树的"着地"能力提升到了10级，否则不可能毫发无伤。

还以为穆达希娜有其他减速的方法，却见她以比巨鸟还快的速度垂直落下，甚至没有张开双手双脚来增加空气阻力，反而挺直身体，朝坠落方向伸出了右手上的法杖——

我顿时领悟了穆达希娜的意图，旁边的亚丝娜也发出了短促的轻呼。

我们同时加快速度，分别进入"音速冲击"和"流星"的前置动作。长剑和细剑都镀上了一层光效，发出了高亢的振动声……然而，就在我们踩蹬地面的前一刹那，穆达希娜右手紧握的法杖的金属箍已经击中了河滩上一块巨大的石头。

哐！一道像是枪声的冲击声响起，石头应声被一分为二。

穆达希娜的手松开法杖，以右肩朝下的姿势落到河滩上，先是被高高弹起，然后翻了个跟头，倒在地上。

下一刻，烙印在我和亚丝娜脖子上的纹样——"不祥之人的绞环"就发出了蓝紫色的光芒。

气管被某种黏着的物质彻底堵住了，根本无法吸入空气，也无法呼气。这正是我之前再也不想体会的、过于真实的窒息感。

——无视它！这是错觉！

我用上所有的意志力祈祷道，同时发动"音速冲击"。旁边的亚丝娜多少有些乱了阵脚，但还是顺利发动了"流星"。

前方那个身穿白长袍的魔女——穆达希娜正准备坐起上半身，可能是因为"绞环"确定了攻击目标，她头上出现了纺锤状光标。用法杖敲击石头这一动作或许多多少少抵消了冲击，但她的HP还是仅剩两成了。

随着无声的咆哮，我对准穆达希娜的左肩挥下了散发着绿光的长剑。

魔女依然低垂着脑袋，必杀的剑尖即将刺中她的瞬间——

一个黑影以惊人的速度闯到我眼前，用纤细的长剑挡住了我的剑。

旁边也有另一个影子防住了亚丝娜的细剑。两道重叠的金属声响彻四周，橙色的火花照亮了人影。

对方是身穿黑色皮甲、戴着同色皮帽的娇小女剑士，是"假想研究会"的维奥拉和黛娅。看似很要强的脸上充满了敌意，狠狠地瞪着我。她们纤细的脖子上也有一个发出蓝紫色光辉的圆环，应该也呼吸不畅，但还是为保护穆达希娜从河里冲到了这儿来。

我和亚丝娜剑上的特效光闪烁了一下就消失了。

与此同时，窒息感也达到了极限，让我当场屈膝。见左边的亚丝娜也轰然倒下，我心想至少要让她逃脱，结果维奥拉和黛娅也很快蹲了下去。看来就连深知魔法效果的"假想研究会"成员也无法忍受这种痛苦。

这也难怪。即便脑子里明白现实世界里的肉体可以继续呼吸，那种喘不上气的根源性恐惧还是会让人四肢发麻，失去思考能力。心跳也在急速上升，耳朵深处甚至能听到血管的搏动声。

我用力回头看向身后，发现追上来的伙伴们要不是跪倒在河滩上，就是已经躺倒了。巴钦族、帕特尔族和宠物们也无一例外。脖颈处被烙上"绞环"的阿黑、阿鼷和米夏蜷成一团的痛苦模样实在让人不忍直视。

右边河里的近百名玩家再次摔进水中，痛苦挣扎。没有人能出声，只能听到河流的潺潺水声，还有好不容易降落在河滩上的巨鸟微微扇动受伤翅膀的声音。

在寂静的地狱中间，穆达希娜慢慢地站了起来。

她用右手握着一直插在石头裂缝里的法杖，用力拔出。嵌在杖头的宝石发出蓝紫色的光辉，和"绞环"一样瘆人。

穆达希娜用左手掀开兜帽，以随之展露的美貌环顾四周。她的面容与那位当替身的女玩家果然非常相似，但本人还有一种超凡脱俗的气场。

魔女再次看向正前方，那淡粉色的薄唇边隐隐浮现了微笑：

"做得不错。"

她低语着朝我和亚丝娜走来，在忍受着痛苦的维奥拉和黛娅身后停下脚步，再次开口道：

"虽然我也认为你们不会采取固守据点这种无聊至极的应对措施，但真没想到你们会堵住河道。原来建筑功能可以做出这么大的工程呀。你们的战术完全超出了我的预料，我本打算在游戏通关之前都不让自己的HP少于九成，结果从飞行坐骑动物身上跳下来就差点没命了。"

穆达希娜愉快地呵呵笑着，她的脸在我眼里出现了一道重影，又交叠在一起。这是"绞环"造成的视觉特效，还是真实肉体的大脑正在分泌肾上腺素所致？现在动手应该可以摆平她，但是我握着长剑的右手根本使不出力气。只是忍住窒息感引发的恐慌，让身体镇定下来就很吃力了。

旁边的亚丝娜也用左手按着喉咙，右手则撑在河滩的沙石上。看到她这副模样，我再次涌起对穆达希娜的怒火，却很快被窒息的苦闷感替代。

之前我只是觉得，不管穆达希娜会用什么恐怖的魔法，她充其量就是Unital Ring的一个玩家，那冷酷的手法和措辞也算是她游戏风格的一部分，但我天真了。眼前这个女人并不是在扮演"恶毒的魔女"，不是作为VRMMO玩家，而是在从与我们完全不同的维度去挑战这个世界。

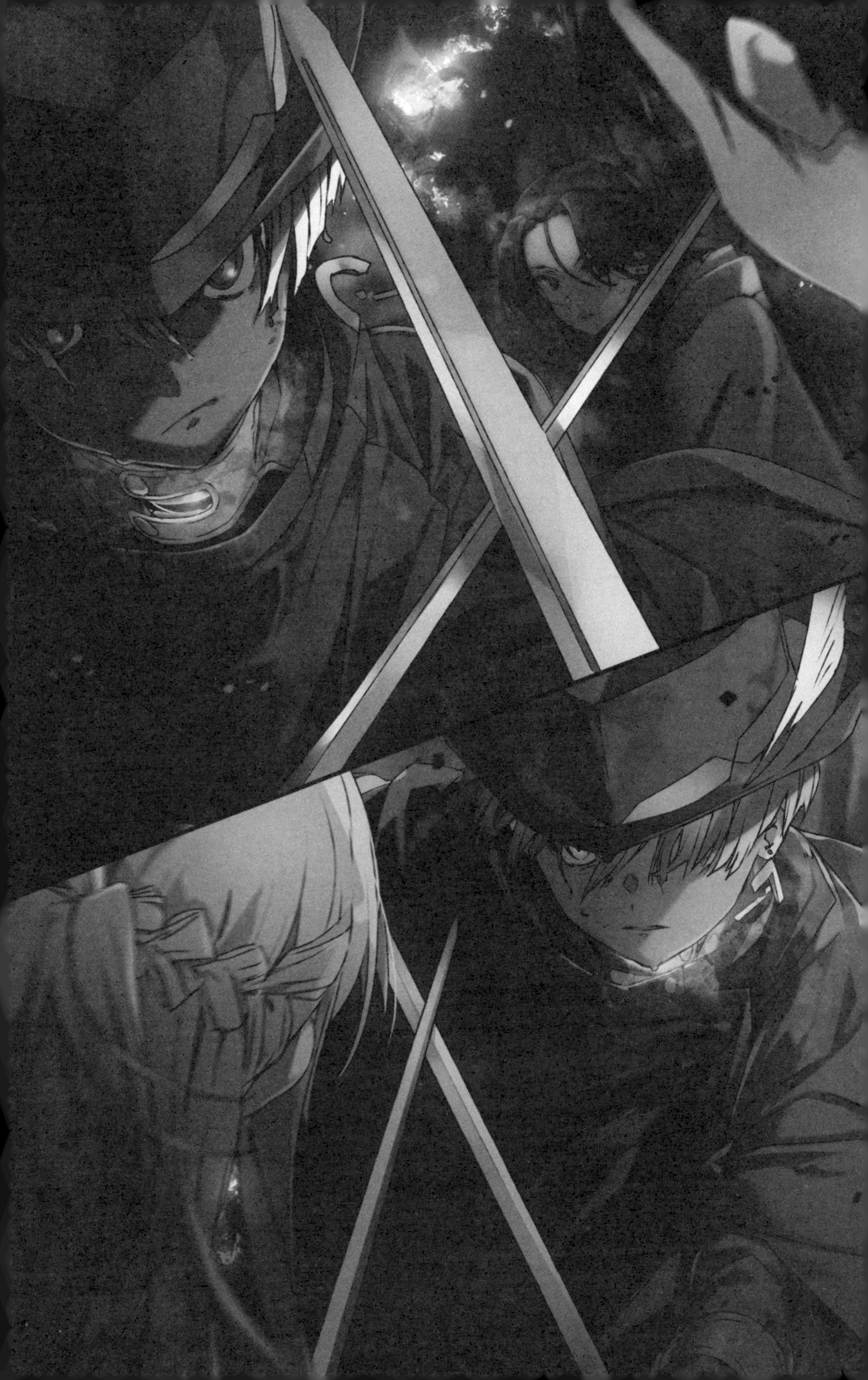

对方似乎看穿了我心中弥漫的恐惧，说：

"怎么样，差不多极限了吧？之前做实验的时候，还没有人能忍三分钟以上。逃脱'绞环'的方法只有一个，就是退出游戏。只不过到时会留下一个毫无防备的虚拟形象。"

她晃动着法杖上的金属箍，像是想让我们更加焦虑。只要她用那把法杖敲击地面，这种痛苦就能结束了。

忽然，穆达希娜的微笑消失了。她满不在乎地俯视了我一会儿才开口道：

"'黑衣剑士'桐人、'闪光'亚丝娜，我可以结束你们的痛苦，作为交换，若你们愿意发誓对我效忠，就把剑柄递给我。"

从系统层面来说，这是毫无意义的行为。此时此刻交出我的剑，之后要趁其不备的机会依旧多得是。

但不管是我，还是亚丝娜，伙伴们大概也是，依照我们的性格……不，依照我们的信念，我们无法做出这样的事来。一旦以性命为代价效忠，今后就只能为那个人牺牲了。穆达希娜是看透了这一点，才要求我们做出"剑的誓言"的。

——到此为止了吗？

我不能让亚丝娜、结衣和其他伙伴继续承受这种难以忍受的痛苦。

就在我用几乎没有感觉的右手勉强握住剑柄，试图将其举起的时候——

右边传来一阵水声，紧接着是轻快的脚步声。穆达希娜的表情骤然一变，我也艰难地把紧绷的虚拟形象转向右边。

只见有人朝这边跑来，黑色长发和白色连衣裙都在甩落大量水滴……是结衣。

她带着毅然决然的表情径直朝穆达希娜冲去，没有拔剑，两手间却有红色的光芒，纤细脖子上的"绞环"散发着蓝光。

结衣是AI，但也可以通过虚拟形象获取五感的信息，当中包括了热意、寒意和痛苦，能像人类一样为此感到舒适或不适。那是茅场晶彦设计的AI的基础部分，结衣自己也说过，若是呼吸受阻，她也会感受到与我们同等的痛苦，动弹不得。但为什么……

看到结衣，穆达希娜后退了一大步，把法杖抱在右腋下，打算用双手做出暗黑魔法技能的手势。但或许是她的右手臂无法做出大幅度的动作，显得很不利落。

见状，结衣就用两只发出红光的手做出拉弓状，她往前伸直的左手和拉到肩膀的右手之间出现了细长的火焰。这是火属性魔法技能的初期技"火箭"。

她在奔跑的同时瞄准目标，毫不犹豫地攥紧了双手。

箭随着"咻"的一声射了出去。穆达希娜重新握好法杖，准备将其击落，到时箭矢便会化作大量火星，四处飞散。这种技巧等同于我的"魔法破坏"——暗黑魔法的手势被中断，她也没时间重新做手势了。

结衣把距离缩短至三米，拔出左腰上的短剑，用力踩蹬地面。

"呀啊啊啊啊啊！"

随着一声稚嫩而凛然的呐喊，她在半空中将小小的身体后仰至极限，全力使出一记斩击。

而穆达希娜双手举高法杖，挡下了结衣的剑。

锵！金属声响起，白色的火花随之迸发，照亮了两人的脸庞。

穆达希娜的法杖前端有一颗发光的宝石，那抹蓝紫色的光闪烁了一下。与此同时，堵住我喉咙的黏着物发出了微微振动。果然，"绞环"和那把法杖是有关联的。

接着结衣先是退开一段距离，一落地就立刻再次发起攻击。这次她以幅度不大的动作使出令人眼花缭乱的连击，但都被穆达希娜用法杖精准地挡了下来。

结衣的剑技竟在不知不觉间变得如此优秀，我不得不为之惊讶。在我和亚丝娜等人上学期间，她肯定是跟着爱丽丝非常拼命地练习了，可以感觉到她的剑法与那位骑士有共通之处。

可惜的是，她的姿势太标准了。

这本身并不是一件坏事，甚至可以说是进步的捷径。假动作和其他迷惑敌人的小技巧以后再学也无妨。

但爱丽丝之所以能练就那种严谨而豪迈的剑术，是因为她有那种惊人的速度和力道。而结衣的剑术速度是够快，但力道还不够，因此就算是法师穆达希娜也能从容格挡。

穆达希娜挡下了结衣的上段斩——表面上看是如此，其实是以首次展现的步法回避了。在结衣短剑挥空、身体失去平衡的同时，穆达希娜用左边膝盖一顶——她穿着附带金属板的长靴，那膝盖抵在结衣胸前，把小小的身体踢开了。

因穆达希娜的行为和自己的无力而起的怒火进一步高涨，我的视野里再次出现了重影。

旁边的亚丝娜应该也被堵住了气管，但还是漏出些许呻吟声，试图爬起来，结果却再次往前趴倒。窒息感掌控了所有感官，让虚拟形象难以活动。

结衣背朝下地摔在河滩上，发出微弱的惨叫。刚刚那一击让她的HP缩减了将近两成，但她仅仅停滞了一秒就又站了起来，还用左拳揩去粘在脸上的沙土，重新架好短剑。

穆达希娜刚才一直面无表情地应付结衣的攻击，现在却不甚愉悦地扬起了一边的嘴角。她右手还握着法杖，左手则伸进长袍，抽出一把细长的短刀。短刀的刀刃像时钟的针一般锐利，正在法杖磷光的照耀下发出冰冷的光芒。

她想杀了结衣。

我抵抗着肺部被烧烂了似的苦闷感，拼命思考。

单凭毅力是站不起来的，只能持续几秒也好，必须想办法抛离那种窒息感。或许可以用另一种更强烈的感觉来覆盖——比如痛觉？不行，这个世界不存在与Under World同等程度的痛觉，再者我也握不住长剑。试图挪动双手，最多也只能弯一弯手指……

大脑深处突然响起"啪"的一声，闪过一个念头。

这个计划不保证可以顺利进行，一旦失败，我也很可能会因为AmuSphere的安全机能而自动断线，但现在只能放手一搏了。

我以僵硬的动作张开十根手指，让指尖彼此相接，做出一个类似拿球的姿势。这是腐属性魔法的发动手势，好不容易才成功输入能量，两手间亮起了绿中带灰的光效。

视野边缘的结衣再次拿起短剑，看到这一幕的穆达希娜也反手握紧了短刀。

还没到时候。不能让穆达希娜发现我的策略。蹲在我眼前的黛娅正闭着眼睛，想挺过那阵窒息感，所以也没有看到魔法特效的光芒。我以她的身体为盾牌，揣摩发动的时机。

结衣让娇小的身躯以最大的幅度前倾，并把短剑拉向右后方，这是下段突进技"愤怒刺击"的前置动作。只见剑刃散发出水蓝色的光辉，一阵高亢的振动声撼动了空气……

——就是现在！

我全力张大嘴巴，把双手挪到嘴边。敌我是零距离，也没必要调整准星了。我握紧双手，刚才一直维持的灰色球体——腐属性魔法的初期咒语"腐弹"就带着令人不快的声音从我口中发射出去了。

先是一阵恶臭痛击了我的鼻子，这股臭味比我此前闻过的所有气味都要厉害多了。很快，一种像是用绝望熬煮出来的味道在整个口腔里扩散，逼出我的眼泪，让我的胃都扭曲了。强烈的呕吐感从腹部深处往上顶，甚至能把喉咙深处的堵塞感顶走。虽然没能恢复到可以呼吸的状态，但全身的麻痹感都在逐渐褪去。

我能动了。

"唔……噢噢噢啊啊啊啊啊啊！"

我让呕吐感化作咆哮，握紧长剑，以蹲着的姿势直接跳起，跃过黛娅的身体，逼近穆达希娜。魔女猛然看向我这边，瞬间瞪大眼睛，反射性地举高了右手上的法杖。

带着从紧咬的牙关之间漏出的灰色光芒，我在空中举高了长剑。在我开始做剑技"垂直斩"前置动作的瞬间，长剑本身传来了"还能发挥出更多的力量"的信念，于是我把它举得更高，它便振动得更加剧烈。

"噢噢噢噢！！"

我再次大吼一声，发动了恐怕是刚刚才满足熟练度条件而解锁的垂直四连击剑技"垂直四方斩"。

从上往下的第一击被穆达希娜的法杖挡住，掀起了震耳欲聋的冲击声。剑刃砍进杖柄近一厘米，宝石开始快速闪烁，但还不至于被砍断。如果我用的是"垂直斩"，估计已经受到对方反击，被短刀刺中侧腹了。

第二、第三击是上下开工、类似突刺技的连击。穆达希娜转动法杖防住了这两道攻击，看她的反应速度，她应该见过"垂直四方斩"这个剑技。可我还是用上浑身力气，使出了第四击劈斩。

她随即丢开左手的短刀，用双手拿起法杖，横着举高。

那瞪大的黑色瞳孔里映照着剑技的蓝色闪光。

我没有盯着法杖，而是朝魔女的眉间用力把长剑一挥到底。

这一击并没有形成此前那种强烈的冲击，取而代之的是一种痛快的手感，长剑被甩到地面附近，扩散开去的威力让沙尘呈放射状扬起。

世界瞬间陷入寂静。

穆达希娜的右手和左手分别紧握着被分成两段的法杖。

法杖一分为二，切断面迸发出浓黑的火焰，很快又蔓延至整把法杖。原本散发着蓝紫色光辉的宝石随着一声闷响碎裂，碎片在半空中燃烧殆尽。

紧接着，她的额头飞溅出了红色的伤害特效。魔女丢弃燃烧的法杖，用左手按住眉间，摇摇晃晃地后退了几步。

我也陷入了技后僵直状态，脖子上还燃起了一团没有热度的火焰。我凭直觉感知到"绞环"已被烧毁，喉咙深处的异物感也顿时消失了，仿佛不曾存在。

"哈……"

排空肺里的空气后，我贪婪地吸起了冰凉的新鲜空气。口腔里还残留着"腐弹"的后劲，但清新的空气还是盖过了恶臭。我一个劲地重复呼吸的动作，但是战斗还未结束——维奥拉和黛娅就在我身后，后方沙洲那边的玛吉斯和替身应该也从"绞环"中解脱了。在他们来妨碍之前，我得做点什么，至少得把穆达希娜逐出这个世界。

我往握着长剑的右手注入力量，站起身来。

魔女仍然按着额头，用右眼直直注视着我。

只露出一半的脸上不见一丝怒火或不甘。不仅如此，她还露出了若隐若现的笑容。看样子不像是在虚张声势……难道在这样的情况下，她还有办法扭转局势？

这时身后突然响起一阵刺耳的剑戟声，同时还有一个声音：

"桐人，上！"

大概是亚丝娜凭一己之力挡住了重新振作起来的维奥拉和黛娅，伙伴们也在河滩岸边散开，牵制穆达希娜大军的玩家。我没有时间犹豫了，要是穆达希娜还有隐藏的王牌，那我会连那张牌一起斩断。

我把长剑拉向右后方，身体前倾，这是低空突进技"愤怒刺击"的姿势。穆达希娜已经失去了法杖和短刀，应该抵挡不住这一招才对。

魔女依然面带微笑。我注视着她那双有如宇宙深渊般的眼眸，准备发动剑技。就在这时——

一股浓密的烟雾从左后方急速靠近，染黑了我的视野。

没有任何气味，也不会让人窒息。与其说是烟雾，更像是没有任何媒质的纯粹黑暗。

忽然，我感觉到身体左侧有人，还听到了一个声音：

"这次我就老实地夸夸你吧，桐人。后会有期。"

这是一直待在沙洲上的黑暗魔法师——"老师"玛吉斯的声音。我停止发动"愤怒刺击"，长剑奋力往左侧的空间砍去，却没有任何击中目标的手感。

"大家先不要硬来！"

我给伙伴们做了指示，等待这股黑烟消失。倘若这股烟是用魔法弄出来的，那应该不会持续很长时间。

正如我所料，大约十秒后，黑暗就开始转淡了。若玛吉斯没有说谎，那他很可能已经和穆达希娜一起逃脱了，但应该也没走多远。在星光大约恢复到五成的瞬间，我便冲到了刚才穆达希娜所站的位置。

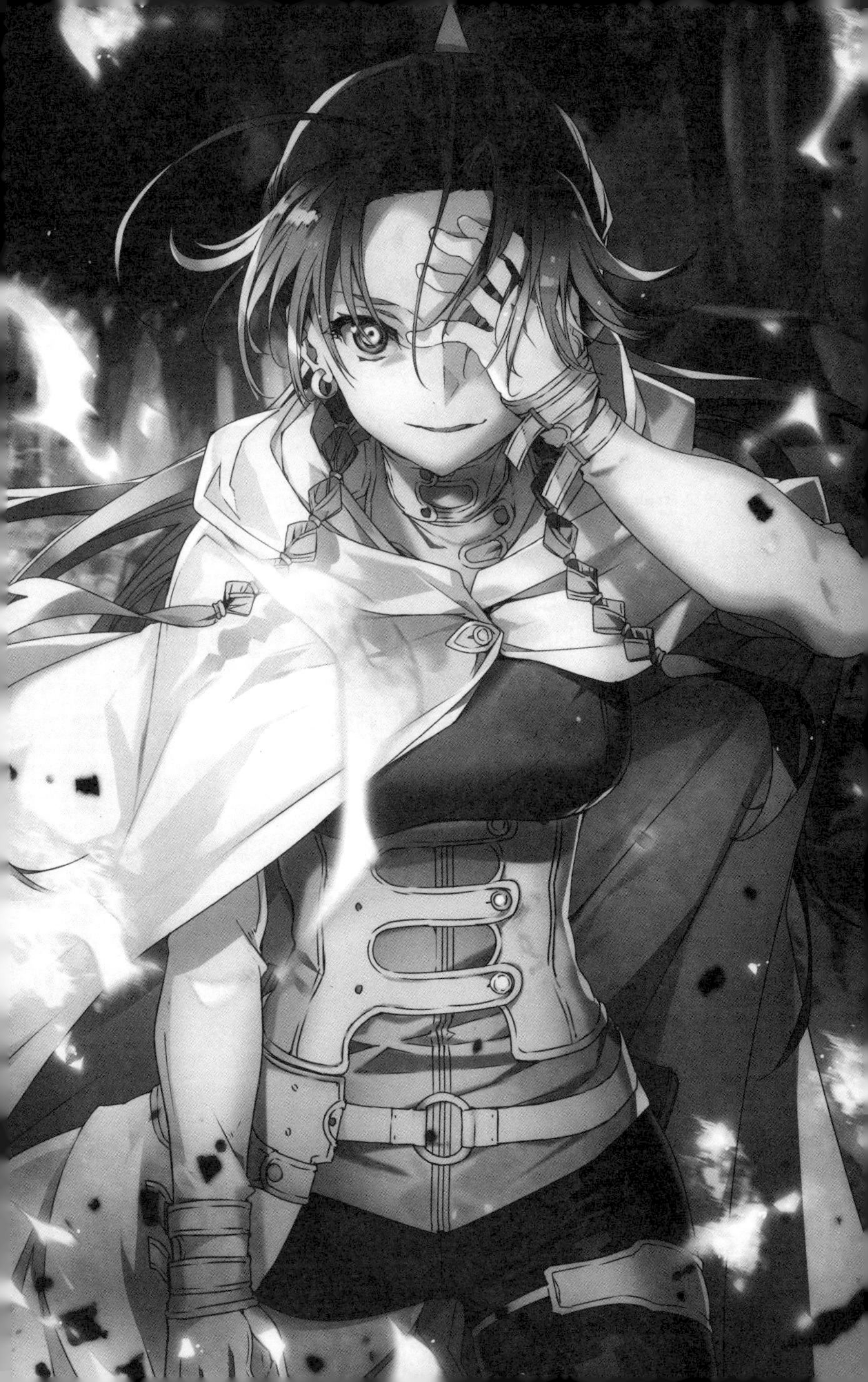

可惜，我没有看到魔女和玛吉斯的身影。我认真地从河滩上游看到西侧的森林，还巡视了下游方向，也没有发现类似人影的东西。他们好像和黑烟一起消失得无影无踪了。

"桐人。"

听到紧张的低语声，我便转过头去，只见亚丝娜就拿着细剑站在那儿。确认过她几乎没有受伤之后，我问道：

"维奥拉和黛娅呢？"

"她们被卷进刚才那股烟里，过了十秒之后就消失了。我想她们还没走远，可是……"

"我想也是……"

看情况，这个欺瞒魔法说不定有两手准备，他们可能还躲在这附近。若仔细查看岩石或树下的阴影，说不定会有所发现。但看到艾基尔、克莱因等人正和留在河里的近百名玩家短兵相接，他们想必也没有这个闲情逸致了。

不对。比起这些，现在更重要的是——

亚丝娜貌似想到了同样的事，我们同时跑向呆呆站在河滩中央的结衣。

"结衣！"

我们异口同声地喊道。手里还握着短刀的少女全身猛地一颤，转头看向我们。被沙砾弄脏的脸蛋上浮现了天真烂漫的笑容。

"爸爸，妈妈！"

她朝我和亚丝娜跑来，我们蹲下身子接住她，然后将她紧紧抱住。

虽说还不知道为何她在"绞环"起效期间仍能行动，但这点事之后可以问个够。要不是结衣挺身奋战，我们可能已经归降于穆达希娜麾下，或者是被打倒了。

也不知我们拥抱了多久。

察觉周围的气氛似乎有所缓和，我才抬头望向河流那边。不知不觉间，穆达希娜大军的玩家们几乎都放下了武器，用一副失去了敌意的样子看着我们。

我发现当中有霍尔加的身影，便站起身来。既然"绞环"已经解除，他们应该开始明白双方没有理由对战了。只不过他们从三天前起就进入了战争模式，又因我们的陷阱而被迫漂流，大概也没有那么容易转变想法。还是得先和领队霍尔加来一次谨慎的会谈。

我刚朝河流方向迈出一步就想起一件事，从而转头望向下游的沙洲。

然而，刚才被我撂倒的替身已经不在那里了。

七日

我刚战战兢兢地用右手递出"夺命者"的生肉，就有一张大嘴以惊人的速度将其夺走，一口吞下。

在我左边的阿黑立马低低地"嗷呜"了一声，以示不满。于是我也给它喂了肉，"唧！"这次又轮到一只长着鸟喙的猛禽类叫出声来，我赶紧又递出了一块。

这只鸟的体型与阿黑不相上下，其固有名称是"NIBIIRO-ONAGAWASHI"，写成汉字应该是"钝色尾长鹫"吧，羽毛是名副其实的深灰色，翅膀两端的尾羽则长到拖地。鸟喙和钩爪的颜色比羽毛还深，几乎呈黑色，但唯独锐利的前端部分略微泛蓝。

和霍尔加他们交涉完的时候，这只被穆达希娜丢在河滩上的巨鸟的HP已经快归零了。即便如此，它还是遵从那位薄情主人的命令，试图攻击逐渐靠近的我们，我本来觉得就这样让它解脱也是一种同情，结衣却说想要救下它。

今晚的MVP无疑就是结衣，所以我无法拒绝她的请求。我无奈地做好受伤的心理准备，接近巨鸟，递出了生的"夺肉"。它一开始连正眼也不瞧一眼，不断地用鸟喙攻击我，我一边回避，一边不厌其烦地把肉送上前，巨鸟——或者应该说是系统——终于坚持不住，旁边出现了驯养的计量条。

幸好"夺肉"库存很多，我一个劲地投喂，计量条也一点点上升，花了二十分钟才终于成功驯服。不仅是伙伴们，就连原穆达希娜大军的八十多名玩家也见证了整个过程。我做出胜利手势时，他们立刻爆发出了热烈的掌声和欢呼声。

我不想马上尝试骑着巨鸟飞一趟，便和在场的所有人，包括从绳套里释放出来的弗里斯科尔一起穿过森林，走到拉斯纳里奥，又在厩舍前的广场举行了宴会。从穆达希娜大军改称为"攻略组"的众人以惊人的气势消灭了烤"夺肉"和"夺肉"肉扒，我们和海米一行、巴钦族、帕特尔族人当然也不甘示弱地大快朵颐了一顿。心想应该也快吃完了吧，但在宴会结束后询问厨师长亚丝娜时，她却说出了让人震惊的事实——加上今晚这顿，才终于消耗了两成左右的肉。

这也难怪，仔细想想，"夺命者"全长超过二十米，假设牛的体长约为两米，这个尺寸相当于两排并列地塞入整整二十头牛。记得以前在哪本书上看过，一头牛可供一千人份的烤肉，也就是说"夺命者"的肉能供两万人份……从这个角度想，开了两次宴会就能消耗两成，我们也算是吃得很努力了。

Insecsite组提供的啤酒在上次宴会就喝完了，克莱因说了将近十次"要是现在有酒就好了"，但尽管没有虚拟的酒精，宴会也办得很热闹。霍尔加、迪克斯、津风吕等人原以为在成功通关Unital Ring或者死前都得受"绞环"胁迫，也做好了心理准备，因而他们的解脱感肯定很难以笔墨或言语形容。当然了，我也一样。

唯一的担忧是，不仅是穆达希娜，"假想研究会"的所有成员都逃脱了。法杖已经被我毁坏，他们应该也无法再施展那种恐怖的窒息魔法了，但我不觉得那些人会就此放弃攻略Unital Ring。总觉得他们今后会以某种意想不到的手段再次从旁插手。

算了，到时再说吧。下次我一定不会再让结衣、亚丝娜和其他伙伴们受苦了。

广场还沉浸在宴会的余韵里，我坐在角落，在心里打定这个主意，给增加到两只的宠物投喂夜宵。一道轻微的脚步声从身后靠近，会习惯性地控制脚步声的人——

"诗乃，辛苦了。"

我头也没回地说。枪手将那身略显暴露的战斗服藏在深绿色的斗篷下，眨了眨眼睛，点头道：

"你也辛苦了。我让霍尔加他们去南区的屋子分散住下了。"

"房间……呃，应该说床位够吗？"

"少了几张，但莉兹当场做好了。材料多得是。"

"那种'粗糙木头和干草制的床'也不是很好睡就是了……"

"反正就是在下线的时候睡，睡地板也无所谓吧。"

这句辛辣的吐槽让我不禁露出苦笑，顺便说起宴会上没能提及的话：

"对了，诗乃，刚才真的要谢谢你。要不是你用滑膛枪狙击，穆达希娜也不会摔到地上。"

诗乃抬起原本低垂的脑袋，表情复杂地看着近在咫尺的"钝色尾长莺"。

"其实我也想打中穆达希娜，而不是这孩子，可是滑膛枪太难射准了。之后的战斗我也没帮上什么忙，至少得提升一下命中率才行……"

"嗯……前GGO的玩家们在缓冲期结束之后都是用什么武器战斗的？"

"就我在网上查到的情况，大部分玩家都还在用从初始地点的遗迹那里拿到的十字弓或者matchlock枪。"

"Matchlock……是长什么样的？"

见我一副困惑的样子，诗乃老师轻车熟路地解说了起来：

"就是火绳枪啦。严格来说，火绳枪和我的枪都属于旧式步枪，不过火绳枪是点火式，而我的是燧发式步枪。两者的发射程序都比现实世界里的真枪简略了许多，但点火式还多了一个点燃火绳的步骤，所以速度会比燧发式慢上几秒。"

"原来如此，是火绳枪啊……用惯GGO的激光枪，改成这种会有很大压力吧……"

"毕竟激光枪只靠一个能量盒就可以连射五十发或者一百发了嘛。"诗乃带着苦笑这么说完，又换回严肃的表情继续道，"但如果习惯了点火式步枪的操作，每次射击所需的时间应该只会比火属性魔法'火焰箭'慢个两三秒。若是几十人规模的团队，就很有威慑力了……GGO玩家就在ALO玩家初始地点左边一个很近的地方起步，只要我们一直朝着世界中心前进，就有很大几率早晚和他们碰上。"

"说得也是……那就只能在那之前努力研发防弹的盾牌或铠甲了。能像霍尔加他们一样达成合作关系就最好了。"

"是啊。"

诗乃点了点头，看向东北方向的夜空——"极光所指之地"所在的方位。

"可是……就算达成合作关系，一旦靠近终点，还是会……"

她说到这里就合上了嘴，轻轻地摇头。我知道她想说什么——假设只有一支队伍，甚至只有一名玩家能通关这个游戏，在此之前一路互帮互助的人们就必须在最后用某种方式决出胜者。商量、抽签、猜拳，或者就像穆达希娜预言的那样——互相残杀。

"那时一定能找到正确的方法的。"

我朝诗乃颔首道，给"钝色尾长鹫"投喂了最后一块肉。巨鸟很开心地整块吞下，或许是心满意足了，"唧"地叫了一声。我默默地迈步朝后方的厩舍走去。同样填饱了肚子的阿黑紧跟在我身后。

"你给那只鸟取了什么名字？"

"咦？唔……"

"背琉璃暗豹"是因为毛皮是黑色的，才取了"阿黑"这么一个名字，按照同样的规则，一身灰色羽毛的鸟就该取名为"阿灰"，但估计又得被莉法她们说太随意了。

"灰色有些什么别称来着？"

我向诗乃问道。真不愧是爱读书的人，她立刻流利地答道：

"鼠灰色、薄墨色或铅灰色吧。"

"鼠灰、薄墨……啊，铅灰感觉还不错。它好歹也吃了你一颗铅弹。"

"我都说不是瞄准它打的了。"

她轻轻戳了我的右肩几下，我连忙道歉，然后对信步离开的猛禽类喊道：

"喂，你的名字就叫'阿铅'啦！"

只见大鹫灵活地回过头来，发出"唧唧"一声啼叫，仿佛在说"土是土了点，但我接受这个名字了"。

第二天，即10月2日起，拉斯纳里奥小镇的发展远远超出了我的预料。

首先是玛尔巴河东岸铺了一段宽约三米的石板路，之前河滩上碎石遍地，我们只能徒步前往斯提斯遗迹，现在两地之间的往来轻松了许多。

拉斯纳里奥南区也开始正式营业了。也不知算是意外还是幸运，Insecsite组和霍尔加团队的玩家们都愿意成为旅馆或杂货店等商家的店主，所以也不必跑去斯提斯遗迹雇佣NPC了——就是还没有验证过到底能不能雇佣。

当然了，南区里也开了一家"莉兹贝特武器店"，里面摆放着莉兹精心打造的武器和铠甲，但由于铁矿石是贵重物品，"高级铁制"系列不得不定个高价。亚丝娜、爱丽丝和莉法都装备了更加高级的"钢制"系列武器，这些武器的素材"高级钢锭"是把我继承来的武器——布拉克维尔德熔化之后才得到的，因此现阶段无法制作更多。

莉兹贝特强烈要求我们保证稳定的铁矿石来源，而在目前已经探明的产地里，产量最多的就属玛尔巴河下游那个"瀑布后的洞窟"了。我们早前确认过洞窟内部也可以进行地形改造，打算近期在那里建一个可以加工金属锭的工厂，但不论要做什么都需要人手，总不能让我们队伍里的人把时间精力花在拉斯纳里奥的运营和扩展的事业上——这座城镇终归只是我们通往世界中心的桥头堡。

没错，自9月27日晚上游戏开始以来，我们花费了五天时间，终于做好了从小木屋的坠落地点往东北方向——"极光所指之地"进发的准备。我们队伍的进度在前ALO玩家之中应该是最快的，但也没有途径知道来自其他世界的玩家往终点走了多远。总而言之，我们只能前往以现有的装备和能力值可以去到的地方……在那之前，有一件事我必须查个清楚。

又过了一天——10月3日，星期六。

清晨5点，我离开位于川越的家，并在7点前来到了位于港区的RATH六本木分部。

9

"早啊，桐谷。"

见大楼五层的安全门前迎接我的神代凛子博士看着有点犯困，我深深地鞠了一躬说：

"早上好。不好意思，麻烦您一大早就来上班。"

"没关系，我家离这儿很近。"

"凛子小姐是住在哪里来着？"

听说六本木这一带的房租都很贵……我带着这个想法问道。闻言，神代博士就用右手指向走廊的天花板。

"这里的上两层楼。"

"原，原来是这样……真是职住相近。"

"还有两个空房间，等你将来入职RATH了，就住在这里吧。"

"好……咦咦？！"

我不由得有些慌张。印象中我应该没有和神代博士说过将来想在RATH就职，但看见博士有些意味深长的笑容，我也没再说什么，迈步往昏暗的走廊深处走去。

已经司空见惯的STL室里空无一人。

这次Under World调查本来是预定和亚丝娜、爱丽丝一起去的，但只有我一个人要提前两个小时到达——上次潜行时，我和亚丝娜她们的下线位置相差甚远，我必须先移动到她们上线的坐标。如果路上没有遇到任何麻烦，只需三十分钟不到就可以到达。可是上次出了那种意料之外的状况，也不能持乐观态度。我必须尽可能避人耳目地悄悄沿着道路边缘走回目的地——亚拉贝尔家。

我一边这么对自己说，一边脱下外套，躺在两台并排的STL中的一台上。神代博士拿起平板电脑一通操作，凝胶床垫便开始自动调整密度以适应我的身体。

"虽然已经强调过好几次了……"

博士说到一半的话被我抢先一步接下：

"安全第一，对吧？我明白的，万一出了意外，我会立刻用这个下线。"

我抬起左手，流利地做出依次弯曲尾指、中指、大拇指、无名指、食指的手势。博士见状便露出淡淡的苦笑，很快又严肃地说：

"算我拜托你了。假若这次再发生什么事，我就没法向你父母交代了哦。"

"我会铭记在心的。先不说我家，亚丝娜的父亲可能真的会起诉你……"

"要是演变成和RECT的前CEO打官司的状况，就是菊冈二佐也没法避重就轻了。"

"话说回来，那个人对外公开的身份到底是什么？之前他还在银座悠闲地吃蛋糕，但是菊冈诚二郎二等陆佐不是已经死在Ocean Turtle上了吗？"

听到我这个问题，神代博士不知为何有些无奈地耸了耸穿着白大褂的肩膀。

"这我不能告诉你。他说今天傍晚会来露个面，等你见到他就直接问吧。准备好了吗？"

菊冈那张笑嘻嘻的脸在脑海里浮现，我甩了甩头挥去那个画面，颔首道：

"准备好了，随时可以开始。"

"那就开始吧。切记,移动到目标地点之后就要立刻退出,明白了吗?"

"明白。"

博士脸上有那么一瞬间写满了怀疑,但还是默默地点击了平板电脑的屏幕。

STL的头罩缓缓降下,裹住了我的脑袋。

一阵海浪般的奇妙声音将我的意识——摇光从现实世界中抽离,送往遥远的异世界。

我被吸入一条光辉夺目的隧道,同时试图回想起上次离线时的状况。

怎么可能忘记……我在一辆带着十字圆标志、黑漆涂装的高级轿车里,与一名自称"整合机士团团长"的神秘男子握手的那一刻,我就因为现实世界的断线操作而强制退出了。

……不对,等等。

之前我一直没有考虑到,但照这么说,待会儿我出现的地方就是——

"哇啊?!"

睁开眼睛的瞬间,我就发出了一声短促的惨叫。

这是因为我刚好闯到了一辆轰隆作响驶来的巨型卡车的正前方。我差点就想展开心意障壁,但还是在临门一脚的时候忍住了这股冲动。万一真的做出了那样的东西,估计会把这辆卡车压扁,还会被上次那个"心意计"检测到,又得被巡警——不,是北圣托利亚卫士厅的卫士们驱赶。

本想跳到右边躲开,但也没那个必要了。

哔哔!一阵警哨声响起,卡车就减缓了速度。仔细一看,卡车前方站着一个身穿浅灰色外套的男人,他右手打横拿着亮红光的指示棒,做出了停车的指示。

只见卡车暂时停下,打起了右转向灯,过了一会儿就开到旁边的行车道上,从我左边疾驰而去了。我放下心来,重新确认周围的状况。

现在我正突兀地站在单侧三车道的公路干线上,天气非常晴朗,可是太阳高度角还很小。Under World的时间与现实世界同步,因此也是刚过早上7点。空气凉飕飕的,有许多汽车——不对,是"机车"从左右两边的车道驶过。那些原本在中央车道行驶的车子都被穿着灰色外套的男人暂时拦下,转移到了两旁的车道上。

上次我是在行驶的机车中下线的,这次自然会在车子曾经驶过的地方出现,但我完全没有料到会有其他车经过。而这个世界里的某人准确地预料到了这种情况,事先为我安排了一个指挥交通的人。

仔细一看,我所站位置的前后左右都用涂成黄色的隔离桩和锁链严密地围了起来。上次我从这个地点下线的时间是9月30日傍晚5点10分左右,为了等候不知何时才回来的我,他们似乎在公路干线的正中央连续做了六十多个小时的交通管制。

我觉得应该表达一下自己的感激之情,便朝背对着我的灰色外套男人走去,开口说:

"不好意思,请问一下……"

那人随即猛地转过头来,表情活像见了鬼似的,沉默了大约三秒之后才低语道:

"没……没想到是真的……"

"什么?"

"不,不……没什么。我是北圣托利亚交通局的,您就是桐人阁下了吧？"

看着这个看起来三十多岁、长相老实巴交的男人，我轻轻点了点头。

"是的。"

"那么，请搭乘那边的机车。"

他这么说着，用左手指向旁边。第一车道与宽敞的步行道之间设置了一条用于停车的车道，类似于现实世界欧美国家的道路，那里停着一辆漂亮的深蓝色中型轿车。从侧面看不到什么文字，但前门正中央有银色的十字圆在闪闪发光。

"可……可我还有要去的地方……"

"卫士厅的车很快就会到达，到时就麻烦了。还请尽快上车！"

既然对方说得那么坚决，我也不好再拒绝了。毕竟这个人——应该也有轮班制的——在隆冬中连续为我做了几天交通管制。

"好吧……那个，刚刚真是谢谢你了。"

我深深鞠了一躬，男人立刻瞪大眼睛，又端正地回了一个敬礼。接着他用指挥棒让第一车道的车停下，于是我赶紧跨过锁链，朝深蓝色的车子跑去。我刚从后方绕过去，左边的后车门就打开了，还有一个声音低声说：

"请上车吧。"

到了这一步，估计也不是能问东问西的状态了。亚丝娜和爱丽丝预计潜行的时间是早上9点，只要能在那之前赶到亚拉贝尔家就好。

我挥去犹豫，让身子滑进后座，车门便自动关上了。车上只有司机一人，大致上和现实世界的出租车一样，驾驶席那里有一个可以控制车门开关的装置。

刚在座位上坐好，机车就亮起右转向灯，顺滑地启动了。它不必发动引擎，一踩油门就能让热素产生反应，启动车子。这与其说是汽油车，其实更接近于EV。现在Under World的文明水平与现实世界的二战时期相当，但除了没有电脑以外，其他技术可能都在逐步进展了。

我呼出一口气，看向说完头一句话就沉默了的司机。

司机穿着与车体颜色相近的深蓝色制服，上次潜行时，把我从卫士厅审讯室救出来的史蒂卡·修特利尼和罗兰涅·亚拉贝尔也穿着同款制服，但看侧脸也不像是她们两人的其中一个。光听声音比较像是一名年轻男子。

当我思考着这些事的时候，司机突然再次开口道：

"失礼了。属下是隶属于Under World宇宙军整合机士团的拉冀·科因特二级操控手，奉命将桐人阁下送到宇宙军基地。"

"你，你好，我是桐人。"

虽说名字前面没有任何阶级名让我有些遗憾，但"归还者学校的二年级学生"听上去就很没有威严，我也根本不想自称"黑衣剑士"。严格来说，我还在北圣托利亚修剑学院的上级修剑士中排行第六的时候，就因为被爱丽丝逮捕而无法毕业了，但不管怎么说，那也是两百年前的事了，学籍估计早就被抹消了吧。

我也不知道所谓的"二级操控手"在机士团中处于哪一阶层，看拉冀那一本正经的侧脸，感觉他也不是愿意和我闲聊的人。我只好将目光移向车窗，看着周围大小各异的机车驶过，足足过了十秒才终于发现——

"咦……刚才你说要去宇宙军的基地？基地不是在圣托利亚外面吗？"

我从后座探出身子问道。拉冀依然看着前方，点头说：

"是的。现在路上有些拥堵，大约还要三十分钟才能到达。"

"听我说……我得在9点前赶到亚拉贝尔家的府邸……"

嵌在机车仪表板上的小型模拟时钟显示现在是7点28分。假设能在8点整抵达基地好了,可看他们不惜进行交通管制也要确保接到我,也不大可能半个小时就放人,更不能保证他们会开车送我到亚拉贝尔家。

但拉翼二级操控手以冷静的口吻答道:

"属下也对此事有所耳闻,已经安排其他人去接送桐人阁下的其他同伴了。"

"啊……那,那真是多谢了……"

我赶紧点头致谢,心想得在亚丝娜和爱丽丝潜行之前把这个消息告诉她们,为此我必须下线。话又说回来,整合机士团的成员们是怎么看待我时而出现、时而消失一事的呢?

算了,就算有个万一,不管是在什么地方,我都有办法逃脱。虽说很不想用这种方法,不过我可以靠心意击穿墙壁,或是用剑砍断……

刚想到这里,我才察觉自己两边腰间都是空空如也。

回想一下,上次潜行时,我在被卫士们逮捕前就把"夜空之剑"和"蓝蔷薇之剑"交给亚丝娜和爱丽丝保管了。只要能和两人会合就能取回剑,但在那之前,我身上不会有任何武器。要是有道具栏,区区一把、两把、三把、四把剑都可以立刻取出,可惜这个世界里没有这么方便的系统。

——既然能调出状态窗口,干脆让我们用上道具栏不也挺好的吗?

我在心里向现实世界里的比嘉健研究主任念叨了一遍之前也考虑过的事情,再次把身体倚靠在座位的椅背上。

机车在横贯北圣托利亚中央的公路干线上一路向北，穿过似乎变得比我记忆中更宽敞了的大街小巷，再穿过一道壮观的大门，便来到了市区外。

道路上的车道缩减为一条，不断向北延伸。左右两边有广阔的农地或牧场，远处那道白色巨壁反射着朝日的光芒，熠熠生辉。那是把人界平均四等分的"不朽壁垒"——几百年前由最高祭司阿多米尼斯多雷特构建的国界线，一直留存到了这个时代。

道路左侧连绵的农田正中偶尔有蓝光闪烁，那应该是鲁尔河的河面吧。而在那正前方的地平线远处隐隐浮现的山脊……大概就是包围着人界的尽头山脉了。

卢利特村也许仍在那山脚下，但那里已经没有人认识我了——阿萨莉亚修女、卡利塔老爷子、卡斯弗特村长……当然，还有尤吉欧。

浓重的乡愁再次袭来，让我握紧了双手。

也该接受这个事实了。在这个世界里，我最喜欢的人们都不在了。假使每次想起罗妮耶、蒂洁、索尔狄丽娜学姐等人都热泪盈眶，我会没法完成任务的。

而且正确来说，有且仅有一个人是我或许可以再次见到的。那就是爱丽丝的妹妹、赛鲁卡·滋贝鲁库。她被施加了Deep Freeze术式，一直在中央大圣堂的第八十层等着姐姐的回归。

菊冈诚二郎委托给我的任务是查明那个Under World入侵者的真实身份和目的。但在那之前，我实在很想让爱丽丝和赛鲁卡见上一面。因为那一瞬间是爱丽丝唯一的心灵支柱，一直支撑着她在现实世界努力工作和生活。

在我再次下定决心的同时，机车亮起了左转向灯。

车子进入公路干线的侧道，顺滑地沿着一个弧度比较大的拐角左转，一栋巨大的建筑物随之出现在车前窗的另一边。

那是一座梯形的金字塔，由复杂的桁架结构构架而成。看着也不是很高……我一度这么认为，但那是与中央大圣堂相较而言，实际上应该有一百米高。

暗银色的外墙上有八成是金属，两成是玻璃。放在现实世界里也是一栋很有近未来风格的建筑物。

"那就是宇宙军的基地吗？"

听到我的低语，拉冀便以藏不住自豪的语气说：

"是的。"

"是谁设……不对，是谁规划的？"

"据说是星王陛下亲自规划的。"

——出现了啊，星王！

我的嘴角似有若无地扬起，回了一句"这样啊"。拉冀好像悄悄看了一眼后视镜，但什么也没说就继续往前开了。

Under World宇宙军圣托利亚基地的梯形金字塔状司令部本厅大楼非常宏大，其园区占地也相当广阔。

我在庄重的正门接受某种安检之后便被允许通行，银色的本厅大楼就耸立在一个貌似可以停放整个圣托利亚所有机车的停车场的另一端。我还以为肯定要前往那栋建筑物，结果机车却在停车场前往左拐弯，朝园区的南边前进。

不一会儿，就可以看到前方左侧有一个很大的水面，我在大脑里调出北圣托利亚郊外的地图，那估计就是诺尔基亚湖了。

湖的西侧有一片广袤的森林，机车先往右再往左各拐了一次弯，通过另一道大门开了进去。明明还是早上，林中却很昏暗。车子在被苍郁树木包围的小路上面行驶了几分钟之后，前方就出现了一道古朴的铁制大门。没有看到卫兵，但不知道是不是有什么装置，机车一靠近，大门就自动往左右打开了。穿过这道门再往前行驶了一小段路，景象突然豁然开朗。

在一个直径看似有百米的圆形区域中间，一座非常具有年代感的宅邸就静静地坐镇于此。这个场景让我联想到我们那栋被杰鲁埃特里奥大森林环绕的小木屋，只不过这栋宅邸的建筑风格完全不一样：墙壁是灰色石头所砌，屋顶也是黑色的石板，虽然是三层建筑，窗户却不多，就像堡垒似的。

但即便是在冬天，前院的花坛里还是绽放着很多花朵，在某种程度上抵消了这座宅邸的些许寒意。要是没有这个花坛，我差点就开始胡思乱想，以为对方是想监禁或者暗杀我才把我带到这里来的。

机车碾压着有些磨损的石板，磕磕碰碰地缓慢前行，终于在宅邸正前方停下了。时间正好是预告的8点整。

左侧车门自动开启的同时，拉冀说：
"让您久等了，桐人阁下。请下车。"
"开车辛苦了。还有，谢谢你在路边等了我好几天。"

寒暄一句之后，我便走下了机车。

空气中混杂着森林的气息和花朵的香味，我深深吸气，让自己重振精神。这时，宅邸正门响起了开启的声音。

我应声看向那边，反射性地将准备呼出的一口气压在喉咙处。

来者穿过入口的门廊，通过一小段楼梯走了下来。他身形瘦削，穿着与拉冀同色的笔挺制服，圆筒形的帽子压到了眼眉上，下面则戴着白色的皮革面罩。

他是整合机士团团长，艾欧莱恩·赫伦兹——

艾欧莱恩踩着笃笃作响的靴子，一语不发地走到呆立不动的

我面前，用右手微微抬起帽檐说：

"很抱歉要戴着帽子和你打招呼，桐人。就这个季节来说，今天太晴朗了。"

说是晴朗，但也终究是严冬吧。我刚冒出这个想法，就想起了三天前在车里的对话。艾欧莱恩用面罩遮住上半部分的脸，是因为他眼睛周围的皮肤经受不住索鲁斯的阳光——好像是吧。

"没事……我一点也不介意。"

我吐出那口一直憋着的气答道，艾欧莱恩也露出了淡淡的微笑。看到那抹与其说是温暖，不如说更像是冷嘲热讽的笑容，我才发现自己对拉冀·科因特二级操控手用的是敬语，对整合机士团团长说的却是哥们儿话，但后者本人看似不是很在意。

面罩窥视孔上嵌着玻璃薄片，艾欧莱恩眨了眨藏在那后面的眼睛，随性地伸出了右手：

"很高兴能够顺利地再次见到你。请多指教，桐人。"

上次我在准备回握这只手的时候就下线了，这次总不会重蹈覆辙吧？我不由得犹豫了一下，但现在还没有到神代博士强行断线的时间。

"请多指教……"

我下定决心，回握了艾欧莱恩那只手指纤细修长的手。

火花迸发、大量信息流进我的大脑——这种现象并没有出现。

他的皮肤有些冰凉，外表看着纤细，却有着与之不符的力量感。我只能从他身上感受到这些。

艾欧莱恩的表情也没有一丝变化，仅仅过了一秒就松开了手。他将目光抛向我身后，开口道：

"拉冀，辛苦你完成任务。我会去联系费格尔队长的，你可以回基地了。"

我转过头去，就看见站在机车旁的拉冀向艾欧莱恩敬了一礼，接着转向我，又转回原来的方向说：

"是。科因特二级操控手将立即回归Cattleya中队。"

他放下右手，钻进机车，以流畅的倒车动作转向，顺着来时的路开回去了。看着远去的车后灯，我不禁心想，这下该怎么回圣托利亚啊……现在只能相信拉冀所说的，会有其他车辆接亚丝娜和爱丽丝过来了。

"来吧，往这儿走。"

在艾欧莱恩的催促下，我走上了连通宅邸正门玄关的楼梯。

随后我被带到了二楼东侧一个类似于茶室的房间。走廊看着昏暗到白天也必须开灯的程度，不过这个房间的南面和东面都有从格子窗户外投射进来的朝阳，因此很明亮。说是茶室，却比桐谷家的客厅宽敞了许多，家具也和中央大圣堂里的一样豪华。只是所有的物品，包括建筑物本身都非常古朴，甚至可以说是古董了，根本想不到这是宇宙军本厅大楼附属的设施。

我有很多问题想问，可是艾欧莱恩团长让我在窗边的沙发上坐下后就走到隔壁房间去了。不一会儿就有某种芳香的气味飘来，刺痛了我没吃早餐的胃。

不对，不管有没有在现实世界里吃东西，都应该不会对Under World的空腹感造成影响才对。这么说来，现在我摇光所在的身体已经有多少个小时没有进食了？在亚拉贝尔家遇见费尔希小弟弟那时就什么都没吃，之后被带到卫士厅了，也没给我上一碗炸猪排盖饭。进入极限加速状态后的首次潜行期间，我在太空空间出现，随后被史蒂卡和罗兰涅带到了亚拉贝尔家，吃了一顿类似三明治的简餐，说不定那就是唯一一次进食了。

这些想法在我的脑子里盘旋，结果让空腹感升级成饥饿感了。就算我用心念力把摆在眼前茶几上的其中一个小玩意儿变成甜甜圈，应该也不会露馅吧……就在我开始产生这种无聊念头的时候，艾欧莱恩终于再次现身。

他不知何时脱下了长外套和帽子，垂落在面罩上的亚麻色头发吸引了我的目光，以至于慢了几拍才察觉他正端着一个放了茶杯、茶壶和水壶等物品的大托盘。没想到是团长本人在准备茶水，我赶紧从沙发上起身，但立刻就有一个声音响起：

"坐着就行。"

于是我只好重新坐下，艾欧莱恩以熟练的步伐横穿铺着绒毯的地板，来到组合沙发所在的角落，然后把托盘放在茶几的一角，将茶托和茶杯摆在我前面，往杯中注入茶壶里的液体。液体看着与咖啡非常相似，但香味有些不一样，这是……令人怀念的咖啡洱茶。

艾欧莱恩也往自己的杯里倒满茶水后就将茶壶放回托盘，又把一个盘子摆在茶杯旁边——这大概就是刚才一直增强我空腹感的气味的来源了。那是一种直径约十厘米的圆形点心，烤成了明艳的金色，这该不会是……

"这是跳鹿亭的蜂蜜派吗？"

听到我的提问，艾欧莱恩一时停下手上的动作，回答道：

"没错。你居然知道。"

"我以前吃过很多次，而且上次你在车上提起过这个名字。"

"可惜，这是一个星期前买的，冷冻过。"

"冷冻过？可是看着还挺热乎的……"

我歪着脑袋说。艾欧莱恩在茶几右侧的单人沙发上坐下，面罩下的嘴唇浮现出了一抹苦笑：

"Real World也有烤炉之类的东西吧？"

"哦，哦哦，原来如此……"

"味道肯定是比不上店里刚出炉的，但我也对翻烤的步骤做了不少研究。来吧，请品尝一下。"

他伸出右手催促道。我回了一句"那我不客气了"，先拿起冒着热气的茶杯送到嘴边。或许是注意力都被蜂蜜派吸引了，还没等刚泡好的咖啡洱茶放凉，我就一口喝了下去。

"好烫！"

艾欧莱恩皱起眉头看着我，神情有些无奈，但还是拿起托盘上的水壶，往玻璃杯里加了些冰水，再递给我。我赶紧喝下以冷却喉咙，向他道了谢才向蜂蜜派伸出手。盘子上还附有一只小叉子，但用这种东西来回挖也未免太糟蹋了，因而我毫不犹豫地用手一抓，张大嘴巴一口咬住。

蜂蜜派的酥皮很松脆，面饼里渗入了浓郁香甜的蜂蜜，还有清爽的自然风味……味道和两百年前一模一样。要说有什么差异，那就是在跳鹿亭店里即买即吃时的酥皮口感会更加酥脆。

我着迷地吃了一大半，才带着一声叹息低声说：

"好吃……"

之前一直强行压抑着的各种情绪顿时满溢而出，让我的身体微微发颤。

传统诺兰卡鲁斯样式的室内装潢、咖啡洱茶的香气和蜂蜜派的味道，还有艾欧莱恩团长那温柔的声音、在冬日朝阳照耀下闪闪发光的亚麻色鬈发……这一切都在以一种不由分说的力量试图撬开我记忆的盖子。

我很想站起来抓住艾欧莱恩的双肩大声呐喊，想叫他拿下面罩，让我看看他本来的面貌，想问问他和尤吉欧是什么关系。

可是，笼罩在整合机士团团长身上的某种东西，在最后关头把我牢牢按在了沙发上。

那像是一种不可见的、很薄却非常坚固的障壁，是在尤吉欧身上完全感受不到的心墙，一旦接近到一定程度，就无法再继续靠近……

我绞尽所有意志力，把吃到一半的蜂蜜派放回小盘子里，喝了一口咖啡洱茶。这微苦又带酸的味道和我——不，是和尤吉欧的喜好完全相符。

"好喝。"

艾欧莱恩和我一样，用手抓起蜂蜜派就吃，听到我这句低喃就扑哧一笑道：

"传说中的星王陛下，表达能力是不是有些匮乏呢？"

"都说了，我不是那么伟大的人物。"我耸了耸肩膀继续道，"我也向史蒂卡和罗兰涅强调过几遍，我没有异界战争后的任何记忆，就连自己以前住在哪里都不记得了。"

"那你的否定不就毫无依据了吗？"

听到艾欧莱恩的指摘，我心想"这倒也是"，又赶紧反驳：

"但……但星王不是统治着两颗星球吗？这怎么想都不像是我会干的事啊。还有，我听说所有记录都抹去了星王和星王妃的真名，可是罗兰涅她们，还有你……不对，还有团长阁下您，为什么会觉得我就是星王呢？另外……"

说到一半，艾欧莱恩就抬起右手，制止了喋喋不休的我。

"等一下，你一下问这么多，我也回答不了啊。"

"啊……抱歉。"

为了平复心情，我将茶杯里还剩一半的咖啡洱茶一口饮尽，艾欧莱恩立刻为我添了一杯，这次还加了少许奶油。看着在水面形成

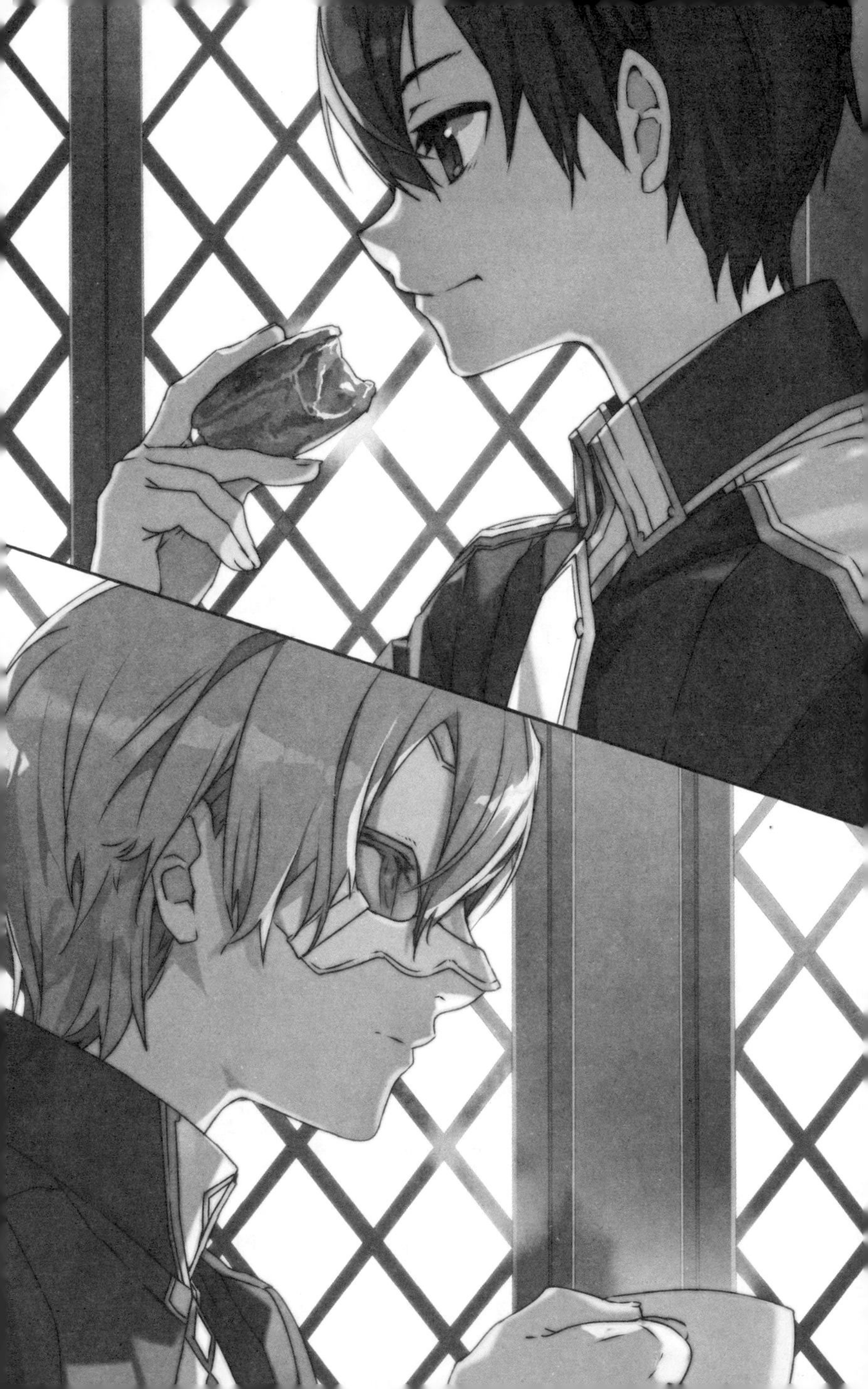

旋涡的大理石花纹，我突然想到一件事。

"这小壶装的不是牛奶，而是奶油吧？Under World有鲜奶油这种东西吗？"

"据说这东西的制作方法也是星王夫妇发现的。"

"这……这样啊。"

"另外，你不用叫我团长阁下，直接叫艾欧莱恩或者你就好。我也直接叫你桐人了。"

"啊，不是，刚才只是一时口快……"

我以为他是在委婉地挖苦，正想道歉，这位机士团团长的嘴角却浮现了一如既往的淡淡微笑。我一下不知所措，只见他也往自己的咖啡洱茶里加了奶油，又用银勺仔细搅拌过后才开口说：

"之前几乎没有人用'你'字叫过我，是很难得的体验。"

"是……是吗？既然如此，我就不客气了……话说，赫伦兹家该不会是一个相当厉害的名门吧？"

闻言，团长忽然停下了把茶杯往嘴边送的动作，盯着我的脸看了一会儿，才再次带着愉悦的笑容说道：

"呵呵，你只有两百年前的记忆，也难怪不知道。这个嘛……要说是名门的话，也算是吧。传说在异界战争中与暗黑神贝库达对峙的英雄，第一代整合骑士团团长贝尔库利·赫伦兹就是这个家族的鼻祖。"

"咦？！"

我大吃一惊，差点把嘴里加了奶油的咖啡洱茶喷在艾欧莱恩脸上，好不容易才将茶送进胃里，呼出一口气，又把茶杯放回茶托，再次表达了自己的震惊：

"那，那个大叔……不，我是说那位骑士团团长阁下，他原来是这个姓氏？！"

话音刚落,艾欧莱恩再次拿着茶杯陷入了沉默,过了一阵子才轻轻摇头,低语似的说:

"原来是这样……桐人和英雄贝尔库利本人见过面啊。总觉得,终于可以切实体会到你是在两百年前就来到这个世界的人了。"

那对我来说就是两个月前的事,但我还是忍住了把这句话说出口的冲动,毕竟我还没有仔细确认过艾欧莱恩和史蒂卡她们是怎么理解Under World和Real World之间的关系的。

于是我又咬了一口蜂蜜派,把话锋一转:

"说是见过面,其实也就是稍微聊过几句罢了。我的搭档倒是和贝尔库利一对一比过剑术,但当时我在另一个地方。"

"搭档?"

见艾欧莱恩微微歪着脑袋表示疑惑,我看着他稍稍开口说。

——他的名字叫尤吉欧,有着和你一样的嗓音、一样的发色,说不定连眼睛的颜色也是一样的。

可我费力地把这句话咽了回去。说出尤吉欧的名字,艾欧莱恩或许会有什么反应,但一想到他也可能毫无所感,我就没有勇气尝试了。

"是啊,他一路上帮了我很多……与其说是搭档,倒更像是挚友吧……"

我艰难地回应道,又回到原本的话题。

"先不说这个了,我所认识的骑士团团长应该是叫贝尔库利·辛赛西斯·万……而且,整合骑士好像是没有家的吧……"

"这个,我想想应该怎么跟你解释……"

艾欧莱恩把身体沉进那张豪华的沙发里,动作轻盈地跷起了二郎腿,把双手交叉放在膝盖上,擦得锃亮的靴子脚尖正轻轻晃动着。

"在当上整合骑士之前，贝尔库利是一名冒险者，从央都一路旅行到了诺兰卡鲁斯的北部，这一点你知道吗？"

他以坦然自若的语气说道，让我停下了点头的动作。

两百年前，不论是谁——就连骑士本人都相信"整合骑士是从神界召唤而来的公理教会守护者"这个设定。到了这个时代，这已经成为众所周知的事实了吗？还是像艾欧莱恩这样身居机士团团长要职的人才能得知的信息？我无法确认，但还是决定先附和他的说法。

"啊……嗯嗯，搭档和我说过这件事。现在都变成说给孩子们听的传奇故事了吧？"

"是啊，圣托利亚的书店里有很多关于贝尔库利的绘本，但基本都是后人创作的故事。其实，贝尔库利在离开央都之前的老家，就是赫伦兹家。"

"原来是这么一回事……"

我还记得，整合骑士艾尔多利耶·辛赛西斯·萨蒂万在成为骑士之前的名字是艾尔多利耶·乌尔斯布鲁格。这么说，不仅是贝尔库利，其他所有骑士本来都有姓氏——除非是边境的无姓居民——也没什么不可思议的。

"但是，北圣托利亚有赫伦兹家这种上等贵族吗？"

贵族子女基本都会入读帝国修剑学院，因此我在就读期间也曾耳闻各种家族的名字，但完全没有听说过赫伦兹这个姓氏，我正左思右想的时候，艾欧莱恩轻轻耸肩道：

"你不知道也不奇怪。在大约人界历100年的时候，赫伦兹家就因为没有生下继承人而一度绝嗣了。贝尔库利和第二代整合骑士团团长法那提欧·辛赛西斯·图生下一子后，这个姓氏才得以延续，而那个孩子就是第三代骑士团团长贝尔切·赫伦兹·佛提。"

"咳咳！"

这次我是真的被咖啡洱茶呛到了，忍不住剧烈地咳嗽。

"喂喂，你还好吧，桐人？"

艾欧莱恩站起来问道，我用右手拦住他，好不容易让呼吸平顺下来，高呼道：

"法……法那提欧和贝尔库利生了一个孩子？！他们两个居然是这种关系？！"

"就算你这么说……我才想问，你怎么会不知道这件事？"

"不是……因为我认识的那个法那提欧是绝对不会放过看到她真面目的男人的……"

我一边含糊地回话，一边回想。大战结束之后，我在东之大门与法那提欧重逢，当时她给人的印象的确一种剧变的感觉——她不再用头盔隐藏容貌，还像一个可靠的姐姐般亲切地帮助过我和亚丝娜。

但如果真是这样，那就是说她那时已经怀上贝尔库利的孩子了。孩子出生的时间应该是与暗黑界和平交涉的几个月后，那个时期的记忆已经荡然无存，让我深感遗憾。

与其说是遗憾，倒不如说我可能需要异界战争后的记忆——有了它们，我才能顺利完成在Under World里的任务。就是不知道有没有办法找回来，也不用取回两百年间的所有记忆，大约有五十年就够了。不对，到时我的精神年龄就是七十岁了，会不会导致人格本身发生变化？

想到这里，我轻轻摇了摇头，再次看向艾欧莱恩。

虽然他藏起了半张脸，但从体型到细微的举止，一切的一切都与尤吉欧非常相似。从上次潜行第一次遇见他的时候开始至今，我也不是没有想过他是尤吉欧子孙这种可能性。

可是倘若刚才那些话是真的，艾欧莱恩就不是尤吉欧的，而是贝尔库利的子孙了。

"唔唔……"

我正喃喃自语，就感觉到机士团团长似乎皱了皱面罩下的眉毛，只好赶紧解释道：

"不，我是觉得……这样说可能不太礼貌，你和贝尔库利长得不太像……"

结果艾欧莱恩的嘴角勾起了一抹看似嘲讽的笑容——唯独这一点与尤吉欧毫不相像，他点头道：

"是不像没错。我是赫伦兹家的养子。"

"养……养子？这么说……你和贝尔库利没有血缘关系？"

"我想是没有。星界统一会议的现任议长——欧瓦斯·赫伦兹的面容倒是与仅存的贝尔库利肖像画很相似。"

"欧瓦斯……"

我在嘴里复述了这个新出现的名字几遍，这无疑也是初次耳闻的名字。

"就是说……那位欧瓦斯是艾欧莱恩的父亲？"

"算是吧。正确来说，是我的养父。"

艾欧莱恩这么答道，口吻好像有些不自在。我忍不住盯着皮革面罩上窥视孔后的眼睛，仔细凝视起来。

"怎么了？"

"啊，没事……我是在想，你是不是和父亲感情不太好……"

听到这句话，机士团团长哑口无言般地张大了嘴巴，又露出截至目前最明显的苦笑——或者也可以说是腼腆的笑容。

"真是服了你……不过，也不至于感情不好。我很感谢他养育我，不论是作为武人，还是作为从政者，我都非常尊敬他。他大概也把我当亲生儿子一样疼爱着……"他用平淡的声音这么说着，蓦地把投向窗外的目光转向我这边，"为什么我会向几乎是第一次见面的你说起这些呢？"

"不用在意，你继续说吧。"

"真是的……你这人好奇怪。好吧，那我说了。我和父亲一直保持着良好的关系，但他有三个亲儿子……尤其是那个比我年长一岁的哥哥，正是一个不好打交道的年纪。"

"说到年纪……艾欧莱恩，你几岁了？"

"二十岁。"

比我大了两岁……我很快就否定了这个刚冒出的想法，这个世界的我比现实世界大了两岁，换言之——

"和我同龄啊。"

我低喃了一句，目不转睛地凝视着那个没有一丝污渍的白色皮革面罩。

"咦，照这么说，你二十岁就当上整合机士团的领导了？机士团是把陆地军和宇宙军统合在一起的组织吧？那个……要是让你觉得不舒服了，我会道歉，但以军队的首领而言，你会不会太年轻了一点？"

"不管怎么想，都确实是太年轻了。"

艾欧莱恩看似一点也没有生气地回答完，又重重地叹息道：

"但是，整合机士团团长是Under World所有公职中唯一一个要由前任指名的。只要是机士团成员就可以参选，对于年龄和出身都没有限制。我是八个月前，亦即星界历582年4月被前任机士团团长任命为继任者的。本人和星王都有权拒绝，但星王在三十年前就消失了，我又不能选择拒绝……"

"为什么？"

"嗯，这件事还是以后再说吧。总之，看到我在这个年纪就统领整合机士团，父亲他非常高兴，却也让哥哥很不愉快……因为这件事，现在父亲和哥哥的关系都变得有些紧张了。"

他轻轻地摊开两手，我把目光从他脸上移到耸立在森林另一头的本厅大楼，问道：

"难道你哥哥也是整合机士？"

"不，他隶属于陆地军。基地在南圣托利亚郊外，我们没什么机会碰面。"

"这样啊……"

换言之，这位青年在弱冠之年就当上了我所知的整合骑士团的首领——不对，从组织的规模来说，现在的机士团比两百年前的骑士团要大得多，很难想象那瘦削的肩膀承担着多大的重任。

这种身份的男人竟然一大早就在没有其他人的宅子里泡咖啡洱茶、加热蜂蜜派，着实奇妙。但我还有很多问题想问。总之我已经了解赫伦兹家的来历了，接下来还想知道艾欧莱恩是从哪儿收来的养子，可是这个话题过于敏感，也不知该从何切入……

见我陷入深思，艾欧莱恩像乘虚而入似的换了一个口吻说：

"好了，你问了不少我的情况，接下来该由你来说了，桐人。"

"咦……好，好吧，只要是我能说的都行……"

闻言，我点了点头，又突然回过神来，环顾整个茶室。幸好墙上挂着一个大时钟，钟针所指已是8点40分。现实世界里的亚丝娜和爱丽丝应该已经抵达RATH六本木分部，开始准备潜行了吧。我必须告诉她们，我去不了亚拉贝尔家了，但有车子等着接她们。

"在那之前，能不能让我先下线……呃，是先退出……不对，是先回Real World一趟？我很快就会回来。"

我小心翼翼地请示道，结果机士团团长露出很不乐意的表情对我说：

"嘴上这么说，该不会又要三天后才回来吧？"

"不……不不不，怎么会呢，五分钟……不，我三分钟就回来。"

"罢了，就是我不同意，也没办法把你绑在这里。我会边烤热第二个蜂蜜派边等你的。"

"这就是很厉害的强制力了。"

在对艾欧莱恩微微一笑的瞬间，我的胸口深处又蹿过一阵刺痛。以前我和尤吉欧就说这种俏皮话说了几百个来回，明明语气和嗓音都那么相似，但人物背景信息越是明朗，这个结论的分量就越沉重——他是一个与尤吉欧毫无关系的陌生人，一个活在这个时代的Under World里的个体。

"那我走了。"

我抑制着痛苦扬起右手，同时用左手输入登出手势。

视野顿时被白光淹没，艾欧莱恩一直保持着淡淡的微笑，直勾勾地看着我，直到我再也看不到他的那一刻。

* * *

从离明日奈家最近的东急世田谷线宫坂站到RATH分部所在的六本木，即便不及去归还者学校那么远，换乘却相当麻烦。就算是最短路线，也得先坐到三轩茶屋站，从世田谷线换乘东急田园都市线，来到青山一丁目站再换乘大江户线，然后坐到六本木站下车。而且据说大江户线六本木站的站台是日本最深的地铁站台，要花五分钟才能走到地面。

哥哥还是个学生的时候，每次听到他埋怨"要是涉谷有直达六本木或麻布的路线就好了"，明日奈就很想反驳一句"那就别去夜游啊",但她怎么也没有想到自己有一天会产生同样的想法。下次去RATH分部的时候就试试直接在涉谷站换乘公交好了。她这么想着,随着周六空荡荡的电气列车轻轻晃动,车厢内的数码标牌正好播起了KAMURA公司的企业形象广告。

戴着欧古玛的男女老少的笑脸在屏幕上接连切换,明日奈似乎在这段影像中看到了神邑榶,便赶紧眨了眨眼。但KUMURA社创始人的女儿怎么可能出演广告呢?于是她闭上眼睛,试图将幻想的笑脸从脑海中抹去,让思绪逐渐回到过去。

昨天午休时,明日奈想履行一起吃午饭的约定,就在走廊上等榶。然而午休开始五分钟后也没有看到对方的人影,就到她班上找人,却被告知她今天没有来上学。

两人没有交换联络方式,榶应该也不是故意爽约的,也可能是因为身体不舒服或者其他私人原因而请了假。尽管如此,明日奈还是有一种奇妙的不协调感。若要形容,就像是"神邑榶"这个完美主义者那份缜密而周到的规划图被某些不可预期的事情打乱了一样。

想太多了。到了星期一,榶应该会再次找上自己,道过歉后再次发出一起吃午饭的邀约吧。在那之前还是得好好巩固基础,不要再无来由地动摇了。

每个人前进的道路都有所不同,榶打算从艾特露娜女子学院毕业后就到国外大学继续学业,正如她选择了一条身为KUMURA继承人该走的、构建辉煌职业生涯的道路一般,明日奈也有自己该走的路。她想和桐人一起实现Real World和Under World之间、人类和人工摇光之间的融合。这条路虽然艰难,却很有价值。

尽管不知道要花上多少年,说不定在有生之年都无法达成,这也是自己的命运——从那天戴上NERvGear,被囚禁在浮游城的那一刻开始便决定了的，无法让渡于他人的命运。不论是每天只为揭开Unital Ring世界的秘密而奋斗到天明，还是今天接下来就要潜行进入Under World，都不是在绕远路。樒对VRMMO没有一丁点儿兴趣，也不指望能得到她的理解，但也完全没有必要为此感到羞愧。若在午饭闲聊时被问到假期都做了些什么，只要坦诚回答就好了。就算因此被樒认为与自己打交道没有任何意义，也比粉饰表面好太多了。

——对吧，有纪？

明日奈在心中呼唤亲爱的挚友，猛地睁开了双眼。这时列车正好滑行驶进了六本木站的站台。

* * *

距离与艾欧莱恩约定的三分钟还差十秒时，我再次潜行，结果是嗅觉率先受到了一股甘甜香气的刺激。

仿佛盯准了我睁开眼皮的时机，装着刚出炉的蜂蜜派的小盘子就放在茶几上。紧接着就是一个略带惊讶的声音：

"哎呀，还真是准时回来了呢。"

"万一我迟到了，你打算怎么处理这个蜂蜜派？"

我边抬头边问，机士团团长面罩底下浮现了一个打趣的笑容：

"冷掉的派当然也会给你吃。冷冻的蜂蜜派只能翻烤一次，再烤一次的话就会变得很硬了。"

"这样啊。幸好我赶上了。"

我放心地呼出一口气，又问坐在右边的艾欧莱恩：

"请问……还有冷冻蜂蜜派吗？"

"有啊……你肚子那么饿吗？"

虽说我确实饿到可以吃下十个蜂蜜派，但我这么问并不是因为自己想吃。

"不是，我想让很快就会来到这里的伙伴们也尝尝……"

亚丝娜和爱丽丝的脸在我脑海里浮现，在两分五十秒的下线时间里，我们还在RATH六本木分部的STL室里聊了一会儿。听到我这么说，艾欧莱恩也轻轻点头道：

"哦哦，这样啊。别担心，冷冻库里还有二十个左右。"

"冷冻库……"

这个词在现实世界里也听惯了，但在Under World还是首次听闻，让我忍不住眨了眨眼。

"那也是用一种叫冷温机的东西进行冷冻的吗？"

接着我说出从费尔希那儿学来的装置名称，艾欧莱恩却摇了摇头。

"不，这栋宅子是陈年旧屋了……如果想安装中央控制式的冷温机和大量配管，就必须整个重新改建，是个大工程。"

"陈年旧屋……楼龄多少年了？"

"少说也有三百多年了吧。这儿原本是诺兰卡鲁斯皇家直辖领地里的别苑。"

"三百……"

我鹦鹉学舌似的低语着，然后才意识到该为之震惊的并不是这一点。曾经是皇家别苑的宅邸，为什么艾欧莱恩可以拿来私用？难道……

"你……该不会……是有诺兰卡鲁斯皇家的血脉吧？"

我悄声问道。有那么一瞬间，艾欧莱恩整个人都呆住了，但很快就笑出了声：

"哈哈哈哈……你是这么想的啊。我刚才那种说辞也的确可能会让你理解成这样……但很可惜，我没有。"

他收起笑容，喝了一口重新泡的咖啡洱茶才继续说道：

"我不是什么显赫的家庭出身，或者应该说是恰恰相反。"

"相反？"

"嗯，这件事等以后再说好了。刚刚在聊冷冻库的构造对吧。"

艾欧莱恩有些强势地拉回了话题，竖起右手的食指说：

"正如刚才所说，因为没法安装大型密封罐，所以这里用的是独立型的冷冻库和烤箱。这样就无须配管了，但相对地，需要靠人力来补充冻素或热素。"

话音刚落，纤细的指尖上就出现了蓝白色的光点。

随后他又伸出中指，这根指尖则生成了红色的光点。无咏唱生成素因——这不仅需要术者本人具备异于常人的心意力，同时生成冻素和热素，并使其静止于空中是一种相当高超的技术。

他把两种素因维持在相隔仅仅三厘米的位置，让彼此的热气和冷气相互角斗，随着白色蒸汽袅袅上升，光点也逐渐变小，大约十秒之后就消失了。我目不转睛地盯着他吹散缠绕在指尖上的蒸汽，提出脑海里浮现的问题：

"你这么做，不会被那个心意计探测到吗？要是卫士厅的人飞车过来了怎么办？"

"生成素因这种程度的心意应用，除非是在同一个房间，不然也探测不到。"

"哦……"

我刚竖起右手食指，正想试试，就被艾欧莱恩一把抓住了。

"但你是例外。你的心意力和我的相差悬殊，就是进行小规模的操作也会产生巨大的心意波。"

"心……心意波？"

"类似于空间的震动，心意计探测得到的。"

艾欧莱恩解释完就轻轻松开我的手指，又深深地让身体沉入沙发。

"唉，看来终于可以谈到正题了。刚才在你回Real World之前，我说过接下来就轮到你来说了，对吧？"

"嗯……嗯。"

见我点头，机士团团长便透过面罩凝视着我——他似乎不打算绕远路了，直截了当地抛出了疑问：

"星王桐人，你为什么要在这个时候回到Under World？"

"……"

即便现在含糊作答，肯定也会被艾欧莱恩看穿，还可能会让依靠先前的对话建立起来的信赖关系瓦解。

我凭直觉坚信如此，做了一次深呼吸之后才开口道：

"首先……我已经强调了好几次，我不认为，也不记得自己当过这个世界的星王，所以就算你想从我这里打听身为星王应该知道的消息，我也没法回答。"

"嗯。"

艾欧莱恩轻轻颔首，用手指拨开了垂落在面罩上方的鬓发。

"这一点我明白，但是桐人，你稍早前是不是问过，明明所有记录都抹去了星王的名字，为什么大家还认为你就是星王？"

"是。"

"这个答案很简单。名字只是从记录上隐去了，本身并没有失传。虽然数量不多，但即使是在这个时代，也有人知道星王桐人和星王妃亚丝娜两人的名字。我就是其中一人。"

"这样啊……"

不仅是我，连亚丝娜的名字都出现了，这样我也没法再否认了。虽说还没能完全接受，但假如我真的担任过星王一职，我只希望这个职务名不是自己决定的。

"罢了，先把星王的事放一边吧……"

我往左上方的虚空做了一个放置透明物体的手势才接着说：

"我现在回到Under World的原因大致有两个。一个是我和其他两位伙伴想查明是什么人从Real World闯进了这个世界，他有什么目的。"

"……"

艾欧莱恩稍微绷紧了嘴角，但还是默默地挥了挥手，催促我说下去。

"另一个是……我想唤醒一个应该还在中央大圣堂某处以Deep Freeze状态沉睡的人。"

为防万一，我隐去了赛鲁卡的名字和她沉睡的具体位置，不过艾欧莱恩好像心里有数，徐徐点头道：

"原来如此。两个原因都出乎我的意料，但也没有违反我的职责和信条。作为整合机士团团长，我想我能为你达成这两个目的提供帮助。"

"代价呢？"

我当然不认为他会免费帮忙，便这么问道。只见他一下子凑了过来，把音量压到最低，轻声说：

"我希望你也能帮我。"

面罩的窥视孔上嵌着玻璃薄片，后面那双翠玉似的眼睛散发着坚毅的光芒。我仿佛被那双眼睛吸引，几乎就要点头时，又猛地让脑袋归位。

"只要不超出我能力和信条范围就帮。"

"呵……"

艾欧莱恩瞬间笑出声来，继续道：

"这应该没问题。应该说……我觉得，你的目的和我的委托可能多少有些重合。"

"什么意思？你的委托是什么？"

"我希望你能和我一起去阿多米纳。"

他说得轻描淡写，让我没能立刻理解他的意思。阿多米纳在哪里来着……整整一秒过后，我终于想起来了。

"啥……啥？！阿多米纳是指那颗阿多米纳星吗？！"

我指着茶室的天花板——正确来说是位于天花板外的那片天空，甚至是更远的宇宙大声惊呼道。而艾欧莱恩面带微笑地看着我，回了一句"没错"。

▶10

西历2026年10月3日（星界历582年12月7日），上午9点30分。

又一辆机车抵达森林中的这座宅邸，亚丝娜和爱丽丝从后车座下来，我和艾欧莱恩则在正门大厅迎接她们。

关于这位神秘的整合机士团团长，我已经事先把自己所知的情况都告知她们了，还再三请求她们把他和尤吉欧很像这件事全权交给我应对。

亚丝娜本来没有见过尤吉欧，但似乎窥见过他以附于"蓝蔷薇之剑"的摇光碎片显现的姿态，所以问候和握手的时候都表现得很自然，倒是爱丽丝脸上表露出了藏不住的惊讶。

对艾欧莱恩来说，与星王妃亚丝娜，以及据说已成为传说级人物的"金桂骑士"爱丽丝握手好像也是一次相当令人紧张的体验。这让我不禁冒出一个疑问——为什么见到我的时候反应就这么平淡？但还是没有问出口。

我们再次移动到二楼的茶室，艾欧莱恩也给亚丝娜和爱丽丝送上了一份热乎的蜂蜜派和咖啡洱茶。当然了，两人都非常喜欢，亚丝娜甚至还想请教食谱，但即便是那么能干的艾欧莱恩，这个问题还是超出了他的守备范围。于是我们决定有机会就去北圣托利亚的跳鹿亭总店一趟。

但在那之前，我们必须确定接下来的行动计划。

在亚丝娜她们吃完蜂蜜派后，我向艾欧莱恩询问了他邀我一同去阿多米纳星球的真正意图。机士团团长喝过一口加了奶油的咖啡洱茶，说出了一句更让我震惊的话：

"我怀疑阿多米纳的行政机关，或者应该叫军队司令部吧，他们企图向星界统一会议发起叛乱。"

"叛……叛乱？"

亚丝娜和爱丽丝并肩坐在三人座的沙发上，我与她们对视了一眼才小心地斟词酌句并问道：

"可是……Under World里会发生这种事吗？现在法律上明确记载着统一会议是最高统治组织吧？"

"没错，《星界法》的第一条第二项就清清楚楚地写着。另外，我想你也知道Under World人原则上是不会违法——不对，是不能违法的。"

"那你为什么会怀疑他们要叛变？"

爱丽丝刚问完，艾欧莱恩就微微挺直后背，以谨慎的措辞答道：

"这件事说起来有些复杂，爱丽丝大人对机龙了解多少？"

"史蒂卡她们驾驶的那种钢铁之龙，用Real World的话来说就是飞机，不，应该是战斗机吧？"

"飞机……战斗机。原来如此。"

艾欧莱恩的脑海里貌似浮现了这些文字，他轻轻点头继续道：

"现在这颗行星卡尔迪纳与伴星阿多米纳之间有一条为用于运送乘客与物资的大型机龙构建的固定航线，两颗星球就是靠这条航线联系的。按照Real World的语言，大概是叫……运输机？"

"是……客运机吧？"

听到亚丝娜的回答，机士团团长微微露出苦笑说：

"这样啊……那我也这么叫吧。这种客运机从卡尔迪纳飞到阿多米纳大致需要六个小时，理论上一天可以往返两趟，但截至一个半月前，每周都只有一趟航班。各位知道这是为什么吗？"

亚丝娜和爱丽丝一起眨巴了几下眼睛，我倒是对"一个半月"

这个关键词有些头绪——那是我们三人第一次造访两百年后的Under World的时间。

"是因为那头宇宙怪兽吗？我记得是叫……'深渊的恐惧'？"

"嗯，但在这边，我们称之为宇宙兽。"

艾欧莱恩对我还是那种哥俩好的语气，但我没有任何不快，亚丝娜她们也毫不介意的样子。

"长期以来，'深渊的恐惧'……在我们发现阿多米纳之前，它就在两颗星球周边以固定的速度和路线飞行了。一旦被它发现并攻击，不管是怎样的重装机龙都无法抵挡。实际上也有一艘前往阿多米纳的客运机遭其破坏，造成多人死伤，但那是很久以前的事了。传说星王也发起了三次讨伐，可每次都有一些小碎片混进宇宙黑暗中逃走，之后又以完全再生的姿态出现……"

听着艾欧莱恩的话，我们三人一起点了点头。

"是啊，当时还以为亚丝娜招来的陨石将它粉身碎骨了，结果那些碎片像一群小虫子似的，扭着扭着想要飞走。可是，那之后爱丽丝应该用记忆解放术把它们全部消灭了……"

我这么说着，看了看坐在左侧的整合骑士。

刚走出机车的时候，她全身披着一件褐色的外套，但现在已经脱下来了，露出了金黄色的全身铠甲。神器"金桂之剑"、亚丝娜的GM武器"闪耀星光"和我的"夜空之剑""蓝蔷薇之剑"一起被装在结实的皮革包里带了过来，直接放在茶室的地板上。就算腰间没有别着剑，她那凛冽的气场还是没有丝毫减弱。

爱丽丝以蓝色的眼睛回瞪了我一眼，说：

"你是在怀疑我的技术吗？那只怪物的碎片都被我一个不落地消灭了。"

"不……不不不，这一点我毫不怀疑，但按照套路，那种情况下总会有一片偷偷藏在我们意想不到的地方。比如说你们那身铠甲里面……"

"还说不是怀疑!"

"别说这种让人恶心的话啦!"

爱丽丝和亚丝娜同时训斥了我,艾欧莱恩以有些复杂的表情看着这边,这或许迫使他对星王妃和金桂骑士的印象进行了些许修正。但还是伸出了援手:

"两位请放心,按以往的惯例,'深渊的恐惧'会在一个月后彻底复活,但这次过了一个半月也没有现身。战斗本身是机密事项,消息并没有公开,但整合机士团是在严密观测的基础上得出那只宇宙兽已经消失的结论的。"

"我……我想也是。太好了,太好了。"

我连连点头,然后伸出右手拿起桌上的茶壶,往亚丝娜、爱丽丝,顺便还有艾欧莱恩的茶杯里倒满了咖啡洱茶。

"所以,'深恐'和你刚才所说的叛乱有什么关联?"

对于我这个随意的简称,艾欧莱恩露出了略为无奈的表情,继续解释道:

"你们消灭了堪称Under World最大灾难的'深渊的恐惧',实在让我们感激不尽。可是,那场战斗本来是不应该发生的。"

"什么意思?"

"刚才我说过,'深渊的恐惧'曾在两颗星球的周边以固定的速度和路线飞行,那是生物会做的事情。因为它的移动周期鲜有变动,所以我们在卡尔迪纳和阿多米纳建造了专门的观测所,在通过巨大的望远镜观测到宇宙兽的影子,准确无误地掌握它的所在位置之后才会颁发机龙的飞行许可。一个半月前,亚拉贝尔机士和修特利尼机士也是在收到阿多米纳发来的消息,说'深渊的恐惧'正在星球背面移动才从卡尔迪纳起飞的。在三个小时的航行中，她们不可能会遇到那只宇宙兽……本该是这样的……"

艾欧莱恩低喃似的说完这段话之后，最先做出反应的人是亚丝娜：

"也就是说，要么是'深渊的恐惧'的移动速度非常快，要么是阿多米纳给的信息是错误的？"

"是的，不外乎二者之一。但是……首先，前者是不可能的。只要不是在攻击机龙，或者说是人类，'深渊的恐惧'的移动速度都非常缓慢，很难想象它能在不到一个小时的时间里从阿多米纳背面移动到那个会遇上机士们的位置。至于后者，我也不认为熟练的观测官会把那个怪物的巨大影子错认为其他事物……"

"那么，就是他们故意给了错误的消息。"

爱丽丝毫不客气地指出问题，艾欧莱恩好像瞬间绷紧了身体，但还是轻轻颔首道：

"是的，我——不，本人也是这么认为。"

"稍……稍等一下。"

我回想起史蒂卡和罗兰涅依然带有稚气的脸庞，试图确认一个事实。

"这么说，是有人想让那两名机士被'深渊的恐惧'袭击……从而杀了她们吗？"

"我猜是这个意思……"

艾欧莱恩叹息一声低语道，还把刚才一直挺直的上半身重重地靠在沙发椅背上，继续说：

"详情稍后再说，其实之前还连续发现了几次疑似是针对卡尔迪纳宇宙军进行的妨碍和破坏工作。如果对方是想弱化我们星球的军事力量，那对于他们的目的，我也只能想到叛乱这么一个可能性了。可是，我实在难以相信阿多米纳行政机关的长官或阿多米纳基地的司令官会牵涉其中，因为那两位都是我从孩童时期起就非常熟悉的伟大人物。"

"伟大人物为了达到某种伟大目的而引发叛乱，这种事也是有可能发生的吧？"

我带着些许犹豫这么问道，而艾欧莱恩平静地回答了我：

"就像你在很久以前向公理教会发起叛乱那样吗？"

"……"

闻言，我不禁轻轻屏息，又缓缓摇头道：

"不，我反抗教会也不是出于什么伟大目的，是为了自己……还有，为了我的搭档。"

尤吉欧想要带回被公理教会绑走的爱丽丝·滋贝鲁库，和她一起回到卢利特村，为了实现他这个愿望，我选择了战斗。然而这个目标最终也未能实现，他也在与最高祭司阿多米尼斯多雷特的一场激战后死去了。

最后，他的摇光与幼年爱丽丝的摇光断片一起在中央大圣堂的最顶层消失了……应该是这样没错。那么，艾欧莱恩，为什么你会拥有与他一样的发色、一样的声音、一样的气场？

不知是第几次涌现的冲动让我咬紧了后槽牙，但骑士爱丽丝替我以平淡的声音说：

"艾欧莱恩·赫伦兹，于你而言，桐人与公理教会的战斗是一段遥远的历史，但对他来说，那是寥寥数月前的事。不知道详情的人最好不要轻易提及。"

"是我逾矩了，爱丽丝大人。"

艾欧莱恩当场就道歉了，也向我低头道：

"对不起，桐人。希望有一天你会愿意和我说说你和公理教会开战的真相……但现在我们还是谈谈现在该说的事情吧。伟大人物确实也可能引发叛乱，可是这样就必须有一个足以让他们违反星界法的理由。例如，阿多米纳的居民受到卡尔迪纳欺凌——之类的。"

"没有发生类似的事吗？"

"没有，完全没有。为了避免这样的事情发生，星王制定了很多法律来保护阿多米纳，所以从阿多米纳的角度看，他们根本没有理由攻击卡尔迪纳。可是……刚才听你说有人从Real World闯入Under World的时候，我就在想，这可能会成为又一次异界战争的开端。"

我、亚丝娜和爱丽丝同时倒抽了一口气。

最先回过神来的是亚丝娜。她重新转身面向艾欧莱恩——珍珠色的铠甲随着这个动作发出了轻微的声响——问道：

"你的意思是，从Real World闯入的入侵者企图引起卡尔迪纳星和阿多米纳星之间的纠纷——不，应该说是战争，对吗？"

"引发那场异界战争的暗黑神贝库达就是Real World人吧？那会再发生同样的事也不足为奇，不是吗？"

的确，这在道理上是说得通的。

不过史蒂卡和罗兰涅是在我们潜行到星界历的Under World那天被"深渊的恐惧"袭击的，假如那是现实世界里的人算计好的事，那就说明这个人比我们早一步进入了Under World。

这种事情有可能发生吗？若有，那这个人与茅场晶彦又有什么关系呢？还是说……

我强行在这里截停思绪，说：

"你去阿多米纳就是想调查这件事吗？"

"没错。"

艾欧莱恩点了点头，又立刻补充了一句让人倍感意外的话：

"但是不能使用机龙。"

"啊？"

"为了方便在阿多米纳自由行动，我们必须秘密潜入，但要用机士团或宇宙军的机龙在星球之间航行，就必须事先向阿多米纳行政机关提出申请，搭乘大型运输专用机龙还需要市民编号。这些都不好糊弄过去。"

"就不能不提交申请，偷偷起航吗？"

"基地的机库就是少了一架机龙都会闹到统一会议那边去，和机车的情况不一样。"

"这倒也是……"

我沮丧地缩起肩膀，这才意识到事情的发展有些不对劲——最先提出想去阿多米纳的不就是团长大人吗？

"那你打算用什么方法去阿多米纳？"

紧接着，艾欧莱恩一本正经且干脆利落地答道：

"有两个方法。一个是用桐人的心意把我、亚丝娜大人和爱丽丝大人送过去。"

"啥？！要以血肉之躯直接飞到其他星球吗？！"

"我听说，你救下史蒂卡她们的时候也是凭肉身在宇宙空间里自由飞翔的。"

"确……确实是这样，但……"

Under World的宇宙和现实世界的不一样，并不是真空状态。我在调查穆达希娜的窒息魔法时也想到了这一点，但虚拟世界本来就不存在真空与非真空的概念，所以这个世界的宇宙虽然又黑又冷，也没有重力，人却可以呼吸和进行对话，恐怕还能使用风素飞行术。要用心意力从一个星球移动到另一个星球好像也不是不可能的事……

"可到头来，这么做不就会产生什么心意波了吗？阿多米纳那边大概也有一两个心意计吧……"

"嗯，估计有一两百个。早晚还是得让你学会用'隐藏心意的心意'……但就算是星王陛下可能也得花上不少时间才能学会，所以这次我想选第二个方法。"

"什么方法？"

"很简单，就是开走一架不见了也没人会留意的机龙。"

这句话让我、亚丝娜和爱丽丝哑口无言，眼前的艾欧莱恩随意地抬起右手，指向茶室南边的墙壁——就是央都圣托利亚所在的方向。

"星王专用的机龙'X'rphan十三型'应该还停留在中央大圣堂被封印的上层，还处于可动状态。这样只要我们能悄悄从塔上起飞，就不会被统一会议那些高层发现了。"

这个主意之大胆自不必说，但给我带来更大冲击的是机龙的名字。我朝左边瞥了一眼，只见坐在爱丽丝对面的亚丝娜也瞪大了双眼。

他所说的X'rphan，是栖息在浮游城艾恩葛朗特——不是导入ALO的新生版，而是曾经是旧SAO舞台的原版——第五十五层的野外头目的名称。正确来说应该是"X'rphan the White Wyrm"，那是一只名副其实的纯白色恐龙，想来也和机龙挺像的。可是，这样就几乎可以确认星王是知道 *Sword Art Online* 的了。

不对不对，这件事以后再说吧。我对自己这么说道，把视线转回艾欧莱恩那边：

"比起靠心意飞行，这个方法是更现实一些，但被封印的地方是可以进去的吗？说到底，你说的封印具体是指什么状态？"

"除大楼梯以外，中央大圣堂还设置了可以在一层至七十九层之间移动的自动升降盘。通常不能将第八十层指定为目的地，但听说上到第八十层，下了升降盘之后很快就可以看到一道巨大的门。就连星界统一会议的评议员也被禁止靠近那道门，那里可能上了非常坚固的锁……"

"……"

这次我又朝爱丽丝投去了目光。

黄金骑士瞪大了眼睛，正看向虚空的某一处。

她一定是看见在中央大圣堂第八十层沉睡了许久的妹妹赛鲁卡了吧。唤醒她是我们最重要的任务，此前一直找不到办法进入中央大圣堂，但事情发展到这一步，竟然以意想不到的方式看见了一点希望。此刻爱丽丝心中肯定盈满了强烈的期望和隐约的不安，两者正相互交织。

或许是从我们的神态上感觉到了什么，艾欧莱恩低语似的说：

"对了……刚才桐人所说的'应该还在中央大圣堂某处以Deep Freeze状态沉睡的人'，是与爱丽丝大人有关的人物吧？"

话说到这个份上，再怎么掩饰也没用了。于是我轻轻点头道：

"是啊。你知道些什么情况吗？"

"我也没有去过第八十层以上的楼层。据我听到的消息，中央大圣堂上层都被以前的整合骑士们封印了，还保管着星王的机龙。另外就是……"

他表现得有些踌躇，又压低声音继续道：

"Under World仅有的三块'水晶板'中的一块就安装在最顶层。我知道的就这么多了。"

"水晶板……"

艾欧莱恩所说的这个词指的是什么东西，答案已经很明显了。

那是用于直接操作Under World的系统控制台。

我突然想到，要是能使用那个控制台，就不必特地跑到遥远的阿多米纳星去调查那个入侵者了。可是"极限加速状态"一旦开始，控制台就会被彻底锁定，变成一块普通的水晶板。现在加速已经结束，但若要再次使用，可能也只有Ocean Turtle的控制室能进行重启的操作……

不，一切要等到去了才能明白——当然了，要先去赛鲁卡沉睡的地方。

该问的事情大致都问完了，我便用两手撑着膝盖，半弯着身子站起来说：

"好，既然都这么定了，那就赶紧回圣托利亚吧。你会派机车再来这里接我们吗？"

话音刚落，艾欧莱恩就泛起数不清是第几次的苦笑，说：

"你真性急。说起传说中的星王，怎么说呢……我原本想象的是一位更加冷静沉着一些的人物。"

在我回应之前，亚丝娜和爱丽丝就同时说道：

"说得也是呢。"

"就是啊。"

艾欧莱恩用电话——不对，是用传声器联系了某人，没过多久，宅子前院就传来了机车的驱动声。

机士团团长领着我下到一楼，那个装了四把神器的褐色皮革大包就由我拿着，真是挺有分量的。

在艾欧莱恩的劝说下，亚丝娜和爱丽丝正在把身上的创世神、整合骑士服装换成机士团的女款制服。要把那身穿惯的铠甲放下，爱丽丝似乎还是犹豫了好一阵，但艾欧莱恩保证"没有我的允许，谁都不能进入这个宅子"，还提议把收纳铠甲的小房间的钥匙交给她保管，她才不情不愿地答应了。

话说回来，之前史蒂卡她们穿戴的同款深蓝色制服和制帽实在太适合亚丝娜和爱丽丝了，看到她们从房间里走出来，我立刻忍不住鼓起掌来。爱丽丝涨红了脸，吐槽了一句："你不用换衣服吗？"但机士团团长说，我这身衣服在现在的Under World也不是什么奇怪的款式，走在街上也不会显得惹眼。

即使卸下了黄金铠甲，爱丽丝腰间还是挂着一个硬质的方形小包。里面装着两颗比鸡蛋大一圈的蛋——我用心意力将爱丽丝的飞龙"雨缘"和它的哥哥"泷刳"变回了它们出生前的模样。

站在爱丽丝的角度想，她肯定很想立刻让这两颗蛋孵化，把两只飞龙养大，但是就现状而言相当有难度。她也不能一直保持Under World的在线状态，所以必须托付给值得信任的人，但这个时代根本没有几个人有培育飞龙的经验。

我一边想着这些事，一边穿过一楼的大厅，再从大门走到外面。就在这时——

"属下来迎接各位了！"

两个兴奋的声音同时响起，接着是靴子后跟互相碰撞的声音，让人听着很舒服。

在回廊下方向我们敬礼的是两名穿着整合机士团制服、戴着同色制帽的少女——史蒂卡·修特利尼和罗兰涅·亚拉贝尔。我没有想到会在此时此刻与她们重逢，忍不住"咦"了一声。

"我还以为她们今天要忙原本的工作……"

"确实是的。"

走在我旁边的艾欧莱恩带着一声叹息嘀咕道。

"她们年纪轻轻就已经是Blue Rose中队的王牌了，本来是要给操控手们做指导,或是试验新型机龙的,都忙得像八爪鱼一样,根本不是跑来当司机的时候,但还是坚持说要来……"

——Under World里又没有海,哪来的八爪鱼……

不对,更让我在意的是"Blue Rose中队"这个说法。把我带到这座宅邸的拉冀·科因特二级操控手说过他隶属于"Cattleya中队",看来整合机士团的飞行队都被赋予了花——而且是世人所说的圣花之名。可是为什么不是Rose,而是Blue Rose,也就是蓝蔷薇呢?

我在心里记下之后要向艾欧莱恩问清楚这事,就看到放下右手的史蒂卡和罗兰涅快步跑上前说:

"爱丽丝大人、亚丝娜大人、桐人大人,好久不见了!"

"能再次见到各位,我真的太高兴了!"

两人带着灿烂的笑容喊道,爱丽丝和亚丝娜则温柔地抱住了她们。我实在没有那个胆量做到那种程度,只能与她们握手。见我左手提着一个大包,罗兰涅立刻伸出双手说道:

"我来帮您拿行李!"

"不用,这包很重的,我自己拿就好了。"

"这是我的职责!"

她不由分说地夺走了大包,结果立刻发出了低吟声。

这也难怪。大包里塞了四把将近五十级的神器,就连亚丝娜和爱丽丝也得合两人之力才能把它从车上搬过来,即便是王牌机士也没法一个人拿动吧。

出于条件反射,我正想用心意托住,但罗兰涅一度下沉的身体还是在大包底部触及地面之前站稳了。她涨红了脸,咬紧牙关,发出"唔唔……"的声音,一点一点地将那个大包往上提。

这让我大吃一惊,呆在了原地。亚丝娜和爱丽丝刚想接替我伸出援手，少女机士却摇摇脑袋拒绝了。她看向搭档，从牙缝间挤出无力的声音说：

"史蒂……帮……帮个忙……"

在她说出这句话的时候，史蒂卡已经抓住了大包的提手。两人一人提着一个提手，"唔唔……"地咕哝着，看上去都很吃力。

她们好不容易直起身子，念着"一二一、一二一"把大包往机车那边送。两人合力可以搬动四把神器，那她们有足以装备一把剑的物体控制权限也不奇怪。

我有些——不对，是相当震惊地看着那两位机士，直到两人走到我觉得她们听不见我声音的地方，才小声向旁边的艾欧莱恩问道：

"那两人……大概有多大？"

"好像是十五岁吧。"

其实我是想问权限的数值，结果艾欧莱恩回的是年龄。但这个数字也让我很惊讶了。

"十五？！一般来说，这个年纪不都在考虑要不要入读修剑学院吗？为什么她们的权限等级那么高？"

"那就是亚拉贝尔家和修特利尼家是名门中的名门的原因了。"

艾欧莱恩说出这句充满谜团的话，又拍了拍我的后背。

"好了，快上车吧。我还想在圣托利亚吃午饭呢。"

11

罗兰涅她们开来的不是我上次搭乘的那辆黑漆大轿车,而是常用的白色面包车。内装和坐着的感觉都比较实用,一开到铺着石板的小路上就发出了"咔哒咔哒"的吵闹声响。

轿车的后座没法坐四个人,也可能是担心太惹人注目吧,原本我还挺期待能再坐一次那辆开起来很顺滑的高级车的,不禁有些失望。我坐在第三列座位的右侧,坐垫挺薄的,心里正想着哪天再求团长阁下让我试试驾驶那辆黑轿车时,坐在第二列的爱丽丝正深有感触地和旁边的亚丝娜说:

"第一次看到一大堆速度比马车快了好几倍的汽车在Real World的道路上奔跑,我在感叹这个世界竟能发展到这种程度的同时,也忙得不可开交……但没想到Under World也有这种铁制车子来来往往了……"

"可至少这边的机车和那边的汽车不一样,不会产生对环境有害的物质。"

我附和了一句,不知为何,旁边的艾欧莱恩以略为严肃的声音说:

"但最近多了机车和冷温机,所以也产生了空间力枯竭的问题。事实上,圣托利亚今年夏天就三次出现了所有以永久元素为动力的机械都停止了运作的现象,据说是因为很多家庭同时在索鲁斯无法供给空间力的深夜使用了冷气。"

好像费尔希弟弟也这么说过……我回想起这件事,于是抛出了脑海里浮现的一个问题:

"圣托利亚的夏天也没热到需要开冷气吧？修剑学院的宿舍里当然没有冷温机，但晚上还是能正常睡觉的……"

"虽说现在普通人也买得到了，但冷温机还算是比较高价的东西。辛辛苦苦才买到的东西，想天天用上也是人之常情吧。"

艾欧莱恩的回答也蛮有道理的，我便点了点头。这次换亚丝娜回过头来问道：

"圣托利亚没有电费——不，是空间力费这一说吗？"

"空间力费？哦……是付钱使用空间力的意思吗？当然没有。因为空间力和水、风一样，都是大自然赐予的。"

"Real World的居民就连用水都要付钱呢。"

爱丽丝的注释让艾欧莱恩露出有些怜悯的神色，看着我说了一句"那还真是辛苦"，但很快又换了一个表情说：

"不过，这或许是一个解决方法。若能建立一种按照空间力的使用量收取相应费用的机制，说不定就可以抑制冷暖气的过度使用了……但问题在于如何测量使用量……"

看到这位机士团团长兼评议员边小声嘀咕边深思，我赶紧开口道：

"别……别急别急，这个问题等下次再说吧。"

要是多年以后，学校的老师对孩子们说，将水费和空间力费这种概念引入Under World的是一个叫桐人的Real World人，那我可受不了。

"先不说这个了，那什么……得有多少武器控制权限才能加入整合机士团？"

我拐弯抹角地提出刚才没能问出口的问题，艾欧莱恩轻轻耸肩道：

"能不能入团看的不只是权限多少，首先要在学校里取得优异的成绩，最好能在星界统一武术大会上获得靠前的名次，然后要作为宇宙军或陆地军的军官候补生入队，只有表现出拔尖能力的队员才能被推荐去参加机士团的入团考试。"

艾欧莱恩流利地解释完，便提高音量向车前座说：

"史蒂卡、罗兰涅，你们在统一大会决赛里打成平手的时候是几岁来着？"

"十二岁！"

坐在副驾驶席上的史蒂卡口齿清晰地答道，握着方向盘的罗兰涅则补充了一句：

"那场比赛是我赢了。"

"等……哪有这回事呀！真要说的话，是我更占优势吧！"

"是乱打一通才对吧？"

"唔——！"

她们争得起劲的样子倒是很符合现在的年纪，但如果那个星界统一武术大会是两百年的四帝国统一武术大会的扩大版，她们才十二岁就获得了并列冠军，岂止是一句"天才"能够形容。即使是以前的整合骑士团也没有这么早熟的英才吧。

在亚拉贝尔家遇到的费尔希弟弟的身影忽然在我脑海里闪过，当时他笑得很无力，仿佛已经放弃了一切。

他说自己今年九岁，而他的亲姐姐在大他三岁那年就在Under World最高级别的武术大赛中取得了优胜，那就不难推测"无法发动秘奥义"这种异常现象给他带来的绝望有多深刻了。

一定要找时间解开这个让费尔希痛苦的谜团。我再次在内心起誓，艾欧莱恩也以车前座能听到的音量说：

"我在统一大会上获得冠军的时候是十六岁，不论是作为剑士还是操控手，你们的水平或许都比我还高了。"

"您，您过奖了！"

史蒂卡中断与罗兰涅的争论，转过头来喊道：

"艾欧莱恩大人的剑技和操控技术那么高超，我们根本远远不及！您要这么说的话，属下会很为难的！"

在开车的罗兰涅也盯着前方说：

"是呀。团长同时和我们对打，结果把我们打得落花流水，不也只是短短半年前的事吗？要想超越您，至少得花个十年吧。"

"等……我们肯定一辈子都超越不了团长的呀，笨蛋罗兰！"

"你这样直接断言反而更失礼吧，哭包史蒂。"

两人又开始争论了，让身后的亚丝娜和爱丽丝低声笑了起来。我旁边的艾欧莱恩则叹息一声，仿佛在说"真是没救了"。

罗兰涅和史蒂卡是长得很像罗妮耶和蒂洁，但是罗妮耶和蒂洁从来都没有拌过嘴……我这么想着，若无其事地向机士团团长问道：

"话说，你的权限级别到多少了？"

"咦？"

艾欧莱恩似乎很是惊讶地张开了嘴巴，看到他这副表情——

一道犹如纯白闪光般的启示贯穿了我的大脑中心。

艾欧莱恩·赫伦兹的状态窗口——"史提西亚之窗"，除了明确标记着物体控制权限和系统控制权限的数值以外，还写着Human Unit ID。

而且，倘若艾欧莱恩与尤吉欧有某种关联，万一他就是丧失记忆的尤吉欧，那么这个ID应该是一致的。

我不可能忘记NND7-6361这个与我的6355仅仅相差六个数的ID，假如艾欧莱恩的"窗口"刻着这个号码……

见我僵住不动，艾欧莱恩向我投来很是诧异的视线。

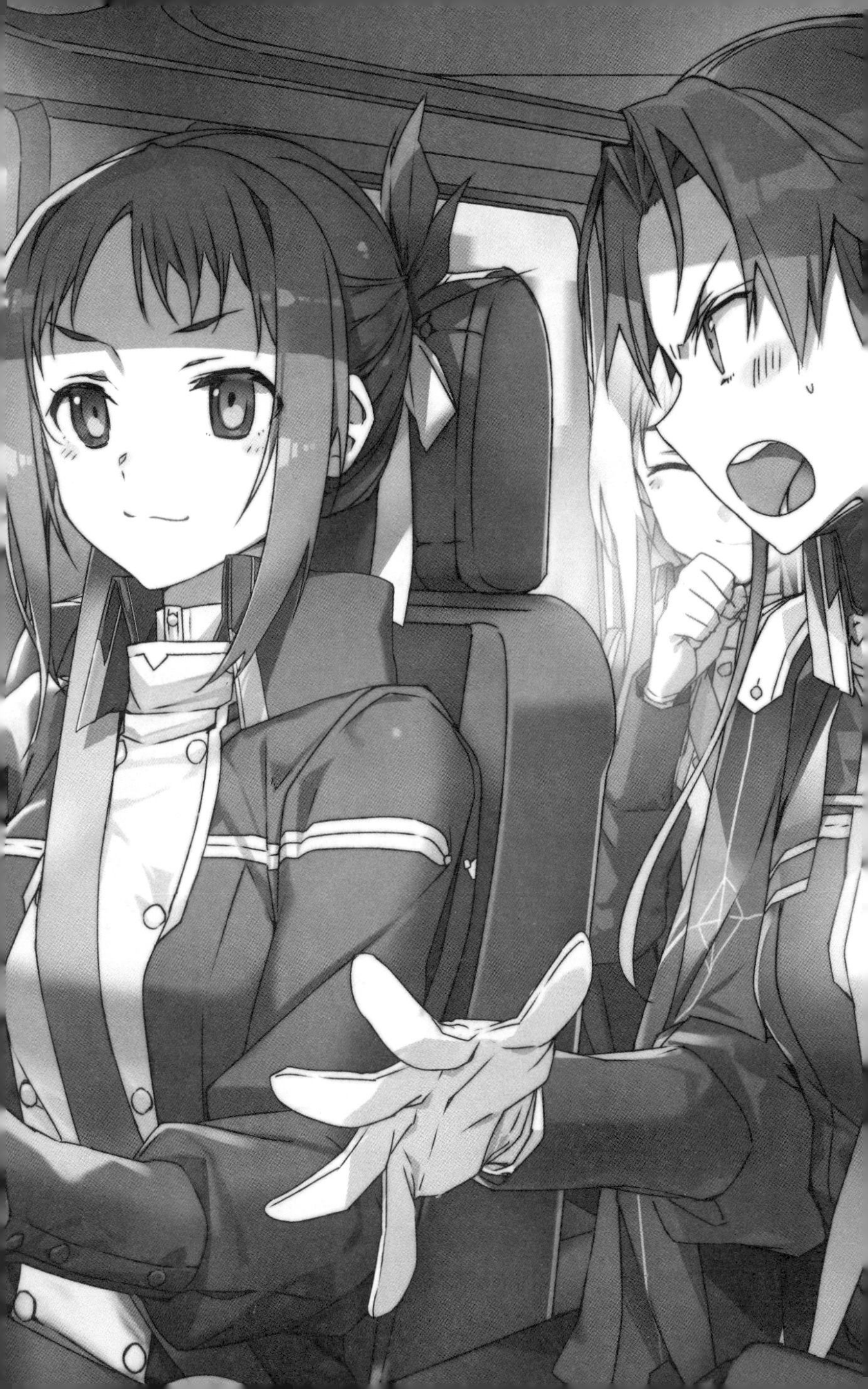

"嗯……是有多少来着……我平常也很少关注自己的权限值。"

"那就让我看看你的史提西亚之窗吧。"

我好不容易才让自己不结巴地说出这句话，结果对方回以一个我已经见惯的苦笑说：

"我说桐人啊，我不清楚两百年前是什么情况，但在这个时代，敢提出要看别人窗口的，一般都是那些自以为很了不起的卫士哦。"

"这个……其实以前也是一样的……"

我真想立刻抓着艾欧莱恩的右手，强行让他输入手势，但我抑制住这股冲动，努力寻找下一句该说的话。就在这时——

"要不这样吧，桐人先给我看窗口，我再给你看。"

"……"

这出乎意料的发展让我微微倒抽了一口气。我的状态窗口要看多少次都不成问题。

我上下动了动有些紧绷的脖子，用听起来还算是自然的口气回答：

"好啊，就这样定了。那我先打开自己的窗口。"

我用右手的两根手指在空中画了一个"S"，又拍了拍左手手背。随着一道铃声般的效果音，一个紫色的浮窗出现了。

上次潜行时，我也曾在那些一窝蜂闯进亚拉贝尔府邸的卫士面前打开过这个浮窗，说来那时我都忘了确认自己的权限值。我的脑袋几乎和艾欧莱恩的碰在一起，仔细观察那小小的长方形。

"哦……ID编号确实很小啊，我还是第一次看到六千多号的。"

NND7-6355这个ID，指的是人界最北部NND7地区第六千三百五十五个出生的人类。

"卫士厅的队长也说过同样的话。"

我回了一句，把目光移向浮窗的右侧。

仔细回想一下，自在中央大圣堂与整合骑士们对战以来，我就没再确认过这两个权限值了。还记得当时的物体控制（OC）权限是50左右，系统控制（SC）权限则是30，但现在应该多少有点提升了吧……我带着这个想法看去，结果忍不住发出了"唔咦"这样的怪声。

那里用简洁的字体显示着一个绝不会看错的数字——OC权限29，SC权限07。

"下……下降了？！29和7……"

我呆呆地看着自己的右手，上面自然什么也没写。

数字这么不起眼，也难怪卫士厅那个胡子队长没有任何反应，但我完全无法接受除此之外的一切。这样的数值根本无法同时装备"夜空之剑"和"蓝蔷薇之剑"，再说了，权限值下降这种事合理吗？难道宇宙怪兽"深渊的恐惧"还有吸收等级的能力不成？

"桐人。"

听到艾欧莱恩低声呼唤，我才沮丧地回道：

"总觉得……有点不好意思啊，让你看到这种数值。不过这样你就明白了吧，我不是什么星王。"

"我不是这个意思……你看看这里，这是不是一个小小的'1'？"

"啥？小小的1？"

我再次看向史提西亚之窗，艾欧莱恩指着OC权限值左边一个很近的地方，我便把脸凑近那里，仔细查看。

只见四方形外框和"2"之间的确有一个看似是"1"的数字，但看着只有普通数字的一半大。

我与艾欧莱恩对视一眼，又看着浮窗说：

"呃，就是说这个不是两位数，而是三位数？不是29和7……而是129和107？"

"应该……是吧。原来还有超出一百的权限值……"

艾欧莱恩以略带畏惧的声音这么说完,又目不转睛地盯着我的脸补充道:

"真不愧是传说中的星王陛下。"

"还……还没确定我是不是呢。"

我说出非常孩子气的短语,迅速关上了浮窗。没错,不管是二位数还是三位数,现在我的权限值是多少都无关紧要。

"好了,轮到你了。"

我本想极力装出满不在乎的腔调去催促,可惜语尾还是有些颤抖。

但艾欧莱恩也没察觉出什么,只是轻轻地耸了耸肩膀。

"我知道啦。事先说明,我的权限值远远比不上你的。"

他说完就用流畅的动作画出一个"S",拍了拍左臂。

丁零零——!随着这道清澈的声音,史提西亚之窗打开了。

我的目光随即被左上角的Unit ID吸引。

NCD1-13091——

这个数列与尤吉欧的Unit ID完全没有共通之处,但我还是呆呆地盯着它看。

五秒,或许是过了十秒,艾欧莱恩才以有些像是在赌气的声音说:

"也不用这么死盯着不放吧。我一开始不就说了吗?远远比不上你的。"

"咦?啊……"

我回过神来,往右边看去。OC权限是62,SC权限则是58。两个数值都大约是我的一半,但以两百年前的标准看也高得惊人了。至少比那时的我要高,说不定还比那些整合骑士都要高。

"不，这个数值很厉害了，真不愧是团长。"

虽然脑子中心还有些发麻，但我还是说出了实在的感想，让艾欧莱恩再次露出苦笑：

"就算你这么说……但我还是要说声谢谢。"

他低声说完就关闭了史提西亚之窗，靠到座席上。我也转向正面，靠上硬质的椅背。

坐在前面的亚丝娜和爱丽丝似乎正和史蒂卡她们兴高采烈地聊着什么。不知不觉中，机车已经驶进了圣托利亚的街道，一辆接一辆的高档车从旁边的第三车道陆续超车。

突然，我好像看到某辆轿车的副驾驶席上有一个亚麻发色的年轻人，便立刻瞪大了双眼，可惜那辆车像滑行似的加速，不一会儿就看不见踪影了。

ID不一样也不能直接得出什么结论。

但我或许也差不多该承认了。和现实世界一样，Under World里也可能诞生出两个长相一模一样的人类。而我大概是想在这种名为"偶然"的概率性动摇里找到不可能发生的奇迹。

"你怎么了？"

听到这个声音，我把目光从车窗外拉了回来。

这才终于感觉到自己左边脸颊上有一滴泪划过。

"不……没事。"

我这么答道，并抬起左手，轻轻擦拭脸颊。转移到指尖上的小小水滴很快就蒸发消失了。

在艾欧莱恩的指示下，罗兰涅驾驶的白色机车在主要干道左拐，进入一个位于繁华商业地区角落的停车场。

我们被带到一家位于没什么人的小巷里的餐馆，面积不大，但氛围很好。可能是因为还没到午餐时间，店里没有其他客人，大厨和服务员都热情地接待了身穿整合机士团制服的我们，让我品尝到了久违的北圣托利亚的料理。艾欧莱恩付了六人份的餐费，爱丽丝罕见地显得莫名有些过意不去，看着还挺有意思。

回到车里，车子再次驶上主要干道，也没有再顺路去什么地方，而是直接朝那座耸立在正前方的白色巨塔前进。驶至尽头的高墙处，便左拐朝南边的正门而去。

在公理教会时代，别说是普通民众，就连贵族和皇族都不被允许踏入中央大圣堂下属的区域，但南边大门是开放的，机车无须接受安检就能轻易进入高墙内。

广阔的前院还留有以前的面貌，人族和亚人族的观光客正在开心地散步。机车在沿着高墙内侧延伸的道路往左一拐，前行了一小段路后又接着右拐。

忽然，爱丽丝惊讶地说：

"飞龙厩舍不见了！"

两百年前，高塔西侧的确有巨大的厩舍，但现在已经消失得无影无踪，取而代之的是一个宽敞的停车场。

"那些龙都怎么样了？！"

艾欧莱恩好像早已料到爱丽丝会这样问，便平静地答道：

"根据记录，在整合骑士团遭到封印的同一时期，原本在中央大圣堂饲养的飞龙有一半回到了威斯达拉斯的栖息地，另外一半则与骑士们一同被封印了起来……如今也有很多飞龙自由自在地生活在威斯达拉斯西部的保护区里。"

"原来……如此。"

爱丽丝的表情这才稍微放松了一些，又向艾欧莱恩提出另一个疑问：

"你说的封印具体是指什么样的状态？"

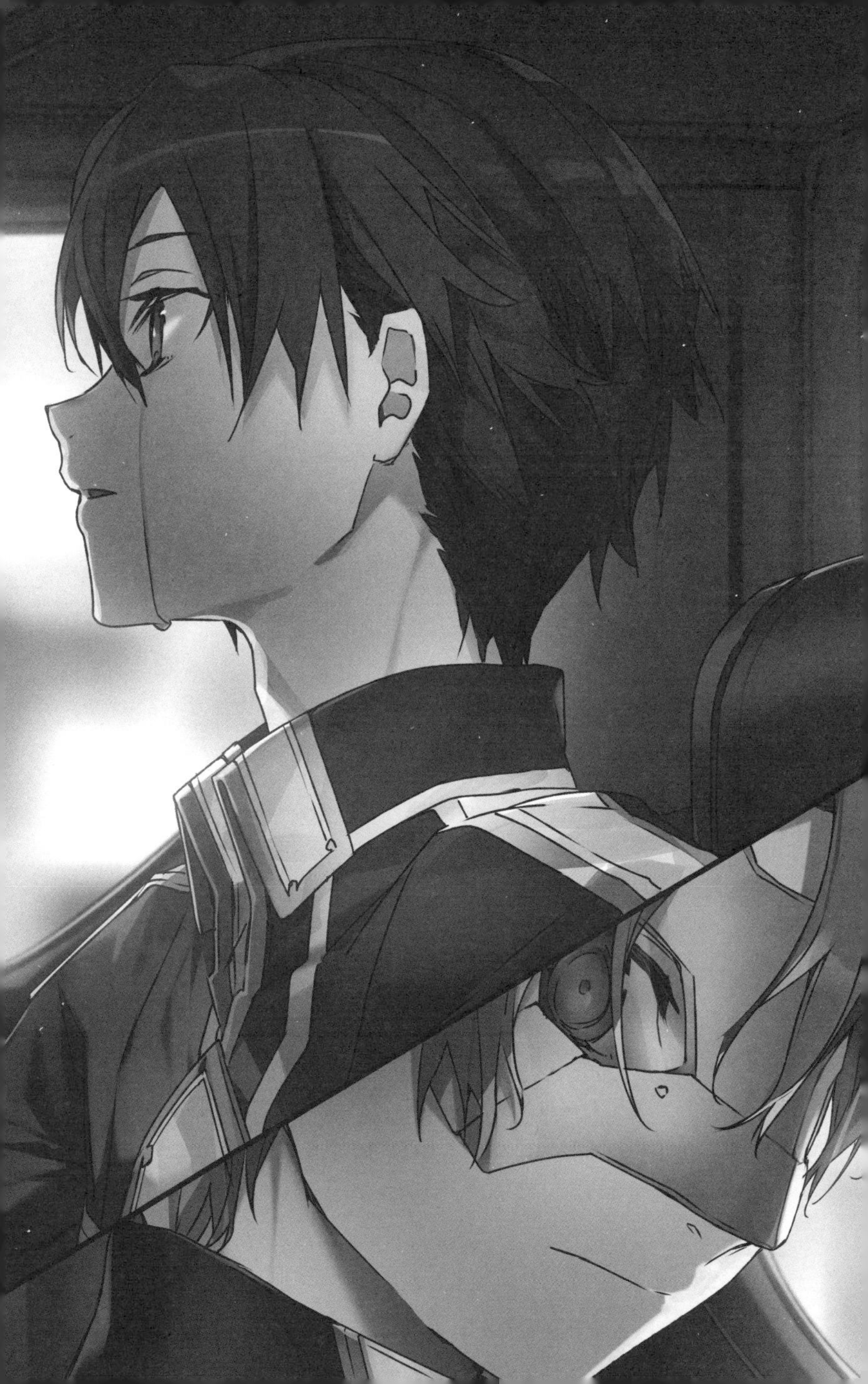

"实在对不起,爱丽丝大人,这一点我也不清楚。但只要能进入中央大圣堂上层,一切应该就会水落石出了。"

"嗯,说得也是。"

爱丽丝轻轻点头,把身子转回了原位。

几秒后,机车来到停车场最里面的区域,以熟练的动作倒车转向,再后退了一遍就稳稳地停下了。

现在刚过早上11点,这次神代博士严令我们必须在下午5点前回去,所以还剩六个小时……我在大脑里一通计算,然后才意识到一个大问题。

"我说,艾欧莱恩。"

机士团团长已经下了车,我从身后向他搭话道。

"什么事?"

"这个……现在才这么说有些过意不去,这次我、亚丝娜和爱丽丝只能在Under World待到傍晚5点,估计要明天早上才能回来。只剩六个小时的话,怎么想也不够时间去阿多米纳吧……"

"唔……"

艾欧莱恩往中央大圣堂上方瞥了一眼才回答:

"这要视出发时间和X'rphan十三型的性能而定,但如果只是前往阿多米纳,我想时间上是来得及的。"

"真的假的……"

我下意识地以一句不存在于Under World的俚语回应了他,但仔细想想,这里是虚拟世界,宇宙空间的规模未必和现实世界的一样。他也说过客运机单程要飞六个小时,假如卡尔迪纳与阿多米纳之间的距离没我想象中那么远——不对,就算是这样,时间也不足以让我们调查完入侵者的情况再返回圣托利亚。

正想说出这些话时,艾欧莱恩抢先一步小声说:

"不过，或许还有办法彻底解决你们滞留时间限制的问题。"

"咦？什……什么办法？"

"待会儿我再解释。"

艾欧莱恩只说了这么一句，就走向并肩在机车左侧站好的罗兰涅和史蒂卡。

"辛苦你们了。我们不知道要忙到什么时候，你们今天可以先回基地了。"

史蒂卡随即挺直背脊说：

"不，在阁下办完要事之前，请让属下随行！"

罗兰涅也紧跟着开口道：

"属下已经得到全天外出的许可，晚点回去也没问题的！"

"咦，咦？真的吗？"

"是的！"

我正一边从机车的后备厢里拿出装着剑的大包，一边关注他们的对话，不知什么时候站到我左边的亚丝娜悄声说：

"看她们那个样子，和蒂洁和罗妮耶还挺像的呢。"

"确实很像……"

刚点完头，就轮到爱丽丝在我右边轻声说道：

"不觉得她们更像桐人和尤吉欧吗？"

"咦？"

"我觉得是你们在某种程度上影响了罗妮耶和蒂洁，而这一点也传承到她们身上了。"

"……"

虽说我并不这么认为，却也无法否定。我们还是初级练士的时候，也曾对舍监阿兹莉卡老师说过各种歪理——不，尤吉欧大多数时候都只是受我牵连而已。

倘若爱丽丝说得没错，现在罗兰涅她们让艾欧莱恩为难的拧脾气的源头就在我身上了。看着团长无奈的表情，我忍不住在心里嘀咕了一句"真是对不住了"。最后看似是艾欧莱恩妥协了，三人一起往我们这边走了过来。

"那么，我们走吧。"

说完，艾欧莱恩就和两名机士朝停车场的出口走去。我们也偷偷交换了一个笑容，紧紧跟上。

中央大圣堂本身还是不允许自由出入的，入口处设置了庄重的安检门。

一群身穿白色制服、腰挂细长佩剑的卫兵守着大门。艾欧莱恩走向他们，从外套内侧取出一个类似身份证的东西，出示给门亭内的负责人。他身为整合机士团团长，又身居星界统一会议评议员的要职，竟然不是刷脸通过，原因估计出在那个面罩上……我瞬间想到，但负责人以熟练的动作查看了身份证，看来他们平常都是这么应对的。

于是我又开始担心他问起我们姓甚名谁，内心一阵慌乱，但或许是机士团制服起了作用，史蒂卡、罗兰涅、爱丽丝和亚丝娜什么也没说就顺利通过了大门。一行人中只有我穿着不一样的衣服，卫兵就一直盯着我看，却没有让我给他们看大包里装着什么东西，总算是成功通过了。

我们径直穿过宽敞的前门，直到离大门有一段足够的距离了，我才松了一口气。一直等着我的艾欧莱恩轻声说：

"抱歉，桐人。"

"抱……抱歉什么？"

"为了让你通过，我和他们说你是帮忙拿行李的随从了。"

"啊，原来如此。没事，总比拿我当星王好太多了……"

我们正聊着，爱丽丝就用略为嘶哑的声音说：

"赶紧走吧。"

也不怪她着急。毕竟她翘首期盼了好几个月的那一刻已经近在咫尺了。

"好的。请往这边走。"

艾欧莱恩点了点头，开始在没有其他人的大厅里快步行走。爱丽丝和亚丝娜追了上去，我、史蒂卡还有罗兰涅则紧随其后。

中央大圣堂一层大厅的大理石墙壁和柱子还保留着原貌，内部装潢倒是改变了不少。最引人注目的是四面墙上挂着的巨大织锦。纯白色的布料衬托着索鲁斯、卡尔迪纳、阿多米纳图案化之后形成的蓝色标志，这便是星界统一会议的纹章。靠近尖端的地方还画着一个小小的标志，是一个两把剑和两种花呈菱形分布的图案，似乎是星王的纹章。

大厅正面有一段左右分隔的楼梯，阶梯前方还有一个小型喷水池，正发出细微的水声。我记得两百年前这里只有一段楼梯，也没有喷水池，但两百年过去，多少还是有一些改装的。

我们绕到莫名显得很老旧的大理石喷水池后面，就看到前方的墙壁上有三道门并列，那应该就是电梯了。

两百年前的中央大圣堂也有电梯——当时是叫"升降洞"，但只连通了第五十层到第八十层，第五十层以下都只能爬楼梯上下，弄得人气喘吁吁。而且升降洞是靠一位被称为"升降员"的少女人工驱动的。升降员的数量该不会也增加了吧？

倘若真是如此，那应该和以前不一样，会有好几个人以轮班制的形式驱动这个升降洞吧。我在内心如此祈祷着，走到门前，看着史蒂卡按下墙上的圆形按钮，中间那道门立即"唰"地一下往左右两边打开——我很庆幸里面没有人。

看来升降洞在这两百年间已经实现了全自动运行。我不禁十分感谢做出这个决定的人，跟着另外五人走了进去。

以前的升降洞是圆筒形的，而现在和现实世界一样呈四方形，空间在容纳六个人后还有剩余。门随着细小的驱动声合上了，边上设置了一个操作面板，上面有三排并列的金属按钮。

按钮上刻的数字是1到79。正如艾欧莱恩所说，没有指定第八十层的按钮。

"然后要怎么做？"

我小声询问道，艾欧莱恩直直地回视我说：

"我本来以为你进来后会出现一些什么状况……"

"就……就算你这么说……"

闻言，我便环顾了厢体内部一圈，但什么事都没有发生。再这么等下去，可能还有人会进来。

"总……总之先到第七十九层看看吧。"

说着说着，我朝最上方的按钮伸出了右手，但又在就要按下的时候缩了回去。

"怎么了？"

听到亚丝娜的声音，我低语了一句"没什么"，同时盯着操作面板看。

假如楼层按钮是从下往上按"1、2、3""4、5、6"这样排的，那么最后应该会在"76、77、78"之后，单独突出一个"79"。

然而，位于这个面板最上方的按钮是并列的"78""79"，原因在于最底下的按钮是"1""2"，接下来才是"3、4、5""6、7、8"的排列。

"艾欧莱恩，其他电梯，呃……其他升降盘的按钮也是这样排列的吗？"

听到我的问题，团长那顶圆筒形的帽子随之一歪：

"我们称这个为升降机……呃，其实我也不清楚，都没怎么留意过这一点。"

"我去看看！"

"我也去！"

史蒂卡和罗兰涅说完便打开门冲了出去，大约过了十秒就回来了，关上门后还争先恐后地汇报结果：

"右边的升降机面板最上面只有'79'一个按钮！"

"左边的升降机也是！"

"谢谢你们了。"

我道过谢，再次观察起了操作面板。也就是说，只有中间这趟电梯的按钮排列方式有所不同。这是制造时的需要吗？还是故意做成这样的？

刻着"79"的按钮旁边有一块普通的金属板，我又一次伸出右手，搭了上去。

"啊！"

霎时间，我倒抽了一口凉气。

虽然很轻微，但我的确能感觉到银色的面板底下还藏着另一个按钮。

我凑上前去看，鼻子都快贴上去了，还是看不到面板上有任何接缝。看来要想按下这个键，只能冒险动用心意了。

心意力就是想象的力量，凭我现在的能耐，不用动手也能轻易地让物体移动或变形，但看着对象进行想象的过程是必不可少的。要精准按下厚实金属板下方那个看不见的按钮并不容易，万一控制不好力道，还可能会造成损坏。

——真是的,这种讨人嫌的机关到底是谁做的啊……

我在内心咒骂了一句,同时让最低限度的想象渗进控制面板里,牢牢包裹那个看不见的按钮,按了下去。

一阵震动之后,地板下响起了"咻咻"声,喷发出风素。

在开始上升的电梯里,史蒂卡和罗兰涅欢呼了起来。

自动化后的升降盘——不,应该叫升降机,正以人力时代的两到三倍的速度在中央大圣堂里上升。虽说没有显示当前楼层的功能,但每经过一层都会响起"叮"一道铃声。

我还心想万一中途有人要搭电梯就麻烦了,但貌似按下隐藏按钮之后就变成了直达模式。我们顺利地通过了第三十和第四十层,可惜的是,与两百年前的升降洞不同,升降机没有窗户,因此没能欣赏外面的风景。

一位曾经为我和尤吉欧运行升降洞的少女升降员说过,若有一天能够脱离这份天职,她想乘着升降盘在空中自由飞翔。

她应该也不在这世上了吧。我闭上眼睛,在祈祷她的愿望已经实现的同时数着金属声响了多少遍。

过了一会儿,升降机开始慢慢减速,完全停下的那一刻还响起了第八十——不对,是第七十九次铃声。

门往左右滑开,前方是一条昏暗的道路,没有人的气息。

"这里就是第八十层吗?"

艾欧莱恩用略带担忧的声音低语道。我用右手推了他后背一把,说:

"在升降机启动前赶紧出去吧。"

"嗯……嗯。"

他点了点头,迈步走出电梯。其余五人也跟着他离开了厢体。

这条路看似一直没有人来打扫，堆积着厚厚的白色灰尘，踩上一脚就会像烟雾一般袅袅升起。不过Under World里的灰尘是视觉特效，就是吸入人体也基本上不会有什么坏处。

爱丽丝踩着灰尘走了几步，用颤抖的声音喊道：

"没错……这里是中央大圣堂的第八十层，是连接云上庭园的走廊！"

我也记得。在体感时间上的大约两个月前，我曾和尤吉欧一起下了升降盘，并从这里走过。

当时我对尤吉欧说。

——所以我们才会为了打倒阿多米尼斯多雷特而来到这里。但是，打倒她并不意味着结束，尤吉欧。真正的难题在那之后……

说到这里，我就有些含糊，而尤吉欧以不解的神情问道。

——只要打倒阿多米尼斯多雷特，接下来的事情交给卡迪纳尔女士不就好了吗？

那时我决定之后再给出那个问题的答案，还和他约好把爱丽丝带回去好好谈谈，最后却没能向他坦白真相。

我想告诉他，我并不是"贝库达的迷失者"，而是叫作桐谷和人的Real World人。在那个世界里，我不是什么剑士，除了会玩游戏之外没有任何可取之处，也不善交际，就是一个普通的小孩……而他是我第一个同性同龄的、可以称作挚友的朋友。

"桐人，快点！"

不知何时垂下的脑袋被爱丽丝的声音唤起，我这才发现其余五人已经走到前方五米处了。于是我轻叹一声，重新拿好左手上的大包，跑了起来。

短短通道的尽头耸立着一道大理石大门，看起来也和两百年前一模一样，唯独多了一样之前并不存在的东西——大门前方的地板上竖着一根高约一米的神秘金属柱子，表面非常光滑，有四个用途不明的狭长切口，没有其他文字或按钮。

爱丽丝瞥了那根柱子一眼，或许是觉得没工夫能浪费在这东西上，就直接从旁边经过，站到了大门前。

"我要打开了。"

她如此宣言，把双手放到纯白色的大理石上。灰尘轻轻扬起，大门的天命却丝毫不见减少。

即使隔着机士团的制服，也能看出爱丽丝已经使出了全身的力气。

然而大门依然纹丝不动。以前我和尤吉欧一推就开了，爱丽丝的OC权限应该比那时的我们高了许多，现在却是竭尽全力也听不到一丝摩擦声。

"唔……呼……"

见爱丽丝发出呻吟，亚丝娜就赶紧跑到她了左边，我见状也立刻把大包放到地上，往前跑了几步，然后双手碰上右侧的大门，喊出"一、二、推！"的口号，和两人相互配合，用上全身的力气一推——

还是没有动静。

这大门的坚固度真是难以置信。现在我的OC权限已经达到129这么一个惊人的数值，如果这是打倒传说中的怪物"恐惧的深渊"带来的影响，那亚丝娜和爱丽丝的数值会提升到同一水平也不足为奇。

可我们三人都使了全力也不见丝毫晃动，看来这不仅仅是因为上了锁，或许还有某种系统性质的——与"世界的真理"有关的力量在运作。动用心意或许能起到干涉的作用，按下电梯按钮那种程度的力量还好，若要使出足以破坏这道大门的心意力，肯定会震断整个圣托利亚的心意计上的指针吧。

"亚丝娜，爱丽丝。"

我朝她们喊话，双手离开大门，往后退了一步。

亚丝娜先停下了推门的动作，然后是爱丽丝。爱丽丝苍白的脸上透着不忍目睹的焦躁感，我轻轻拍了拍她的肩膀，说：

"我估计，后面那根柱子就是钥匙……不对，是钥匙孔。"

"但是……我们哪里有钥匙啊！"

她发出悲痛的呐喊，亚丝娜则伸手抚摸她的后背：

"我们先查看一下吧。爱丽丝也在ALO里碰到过很多次这种事了吧？"

"嗯……"

爱丽丝点了点头，和我们一起回到了那根神秘金属柱子的所在位置。

艾欧莱恩已经检查并分析过了，他退后一步说：

"很遗憾，我也看不出这是什么装置。"

"从堆积的灰尘厚度来看，我想它在艾欧莱恩出生之前就设置在这里了……"

我这么回了一句，观察柱子的上方。

金属面板上的灰尘不及地板上的那么厚，还像刚才看到的那样有四个狭长的切口。我还以为每个切口都是长约五厘米、宽约一厘米……却不料它们的尺寸和形状都有细微的差异，最小的一个也有三厘米长、七毫米宽，对应这个尺寸的得是一把大得出奇的钥匙，而且根本没法转动。

难道说，要插进去的不是钥匙？是金属板——不，应该是更长的东西。例如……

"是剑！！"

我、亚丝娜和爱丽丝同时大喊出声。

我与她们对视了一眼，跑向放在附近地板上的皮革大包，然后用发僵的手指按顺序解开六个皮带扣，"唰"地一下打开，伸手进去。

我先握住"闪耀星光"，将它递给亚丝娜，接着把"金桂之剑"递给了爱丽丝。

两人站到金属柱子前面，一起将爱剑拔出剑鞘。身后的罗兰涅和史蒂卡忍不住发出了"哇啊"一声欢呼。

一口气拿出自己的两把剑后，我向亚丝娜她们大喊道：

"符合形状的洞应该只有一个！要是形状不对，就不要强行插进去！"

"知道了！"

爱丽丝用喊话回应了我，反手握住了"金桂之剑"。她看准其中一个切口，小心翼翼地把剑尖抵在上面，再缓缓滑进去。

我没有证据证明我、亚丝娜和爱丽丝的剑就是钥匙。爱丽丝在星王统治时代开始前就下线退出了Under World，所以后人不大可能会在这根柱子上刻出符合"金桂之剑"尺寸的孔。

但我还是坚信钥匙就是这四把剑，而且必须是这四把。

锵——！一个清澈的声音响起，黄金刀身正一步一步地刺入柱子。等插入一半以上，从剑尖到剑刃有七成都陷进柱子里了，就又听到了一道清脆的响声。

之后爱丽丝默默地后退了几步，亚丝娜与她交替站上前去，以毫不犹豫的动作把"闪耀星光"插进了柱子里。

这次也在插入七分之后就响起了金属声。

我将两把爱剑分别挂在腰部左右两边，站了起来。

带着那种可靠的重量，我走到金属柱子前方，站定在这里，并反手握住两边的剑柄，同时拔剑出鞘，高高举起。

我右手拿的是"夜空之剑"，左手是"蓝蔷薇之剑"。

可以感觉到身后的艾欧莱恩微微屏息了。想想也是，他还是第一次看到这两把剑，但我没有回头，而是往前迈出了一步。

设置在金属柱子上的四个切口中，内侧的两个已经分别插着亚丝娜和爱丽丝的剑，我把爱剑抵上外侧的两个，慢慢地，但没有一丝迟疑地将它们插了进去。

两道解锁声响交叠响起——紧接着，沉闷的金属声响彻了整个通道。

矗立在柱子后方的大理石大门中间出现了一条金黄色的线。

地鸣般的轰响过后，大门自动开启了。刺眼的光流进昏暗的通道里，把视野染得一片纯白。

随着越来越响亮的重低音，大门终于完全打开。

爱丽丝从我旁边跑过，冲进那片金色的光芒之中。亚丝娜也紧随其后。

我的手从爱剑的剑柄上松开，追着她们而去。听着身后艾欧莱恩等人追上来的脚步声，穿过大门，就有一股甘甜清爽的香味盈满了嗅觉。

光芒渐渐扩散，视野里恢复了色彩。

绿色。

那是一大片鲜艳的绿色，让人无法想象这是高塔的内部。

眼前就是一块绿地，上面覆盖着又短又柔软的青草，另一端是一条流淌的小河，跨过木质的小桥后，前方还有一个平缓的山坡。这里就是中央大圣堂第八十层"云上庭园"——

我和尤吉欧曾经在这里与整合骑士爱丽丝重逢，并与她拔刀相向。

和当时一样，山坡顶上有一棵枝繁叶茂的大树。

而树底下——有一名双眼紧闭的少女正背靠树干坐着。

不，不止一个。另外还有两名女子一左一右地站着，像是在守护坐着的那位少女。

山坡上满是绿草，还有到处盛开的花朵，树梢随风摇摆，但这三人的衣服和发丝都纹丝不动。看全身的质感也不像是活着的人——她们都石化了。

即便如此，我还是不会错认那个坐着的女孩。她的容貌比我记忆中成熟了些许，以恬静的表情陷入了长眠。那就是——

爱丽丝摇摇晃晃地跨出一步、两步，将双手按在胸口上，用百感交集的声音呼唤了那个名字。

"赛鲁卡！！"

（待续）

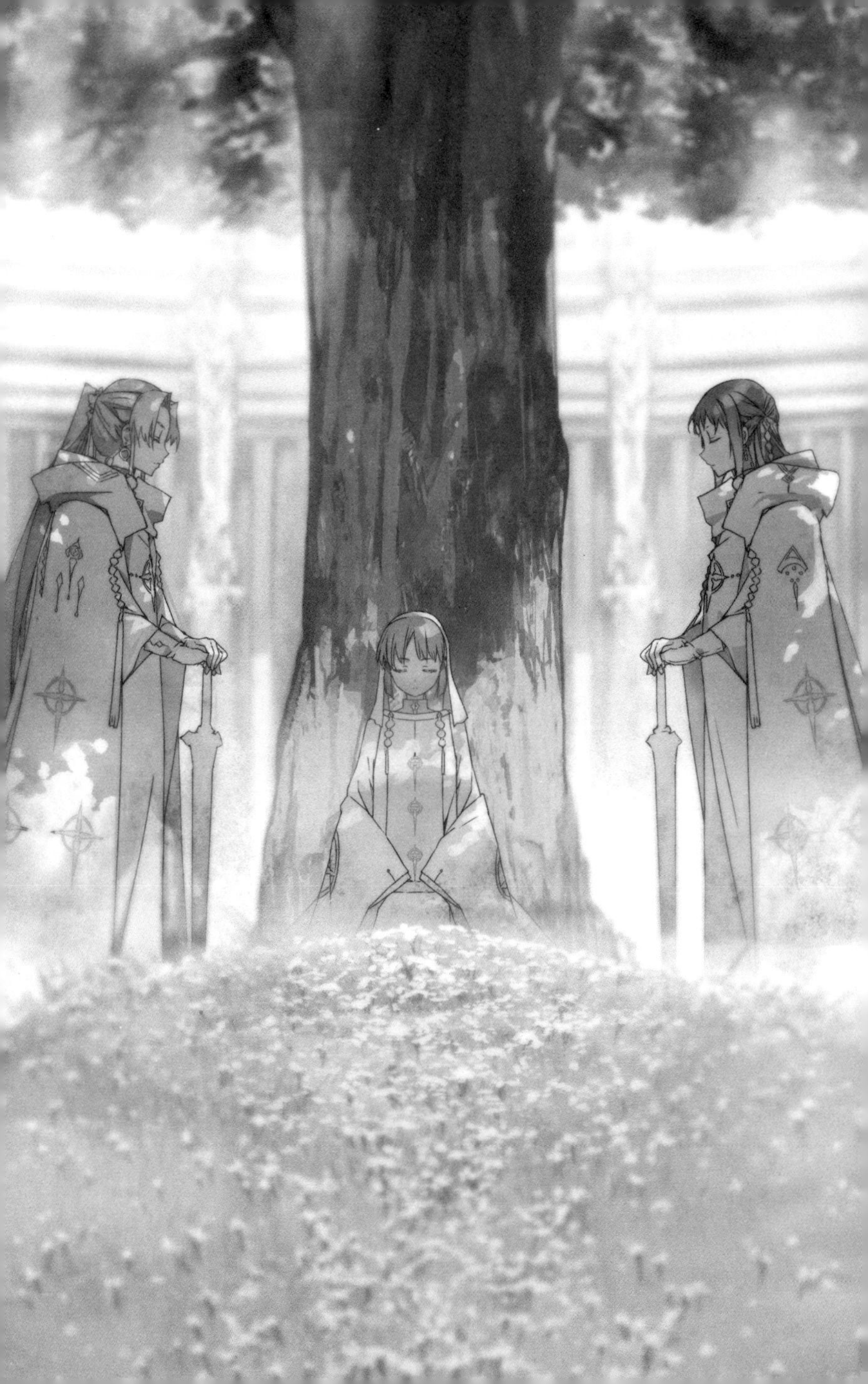

▶后记

感谢各位阅读《刀剑神域25 Unital Ring Ⅳ》!

Unital Ring篇这么快（其实也没说的那么快……）就写到第四集了，感觉故事也往前推进了一大步呢。穆达希娜和艾欧莱恩在上集只是简单登场，但在这一集就发挥出了相当强的存在感，所以各位大概也能看出他们是什么样的人了吧……我是这么想的。

现阶段Unital Ring和Under World的故事看似是同时进行，但总有一天会迎来两线交集的那一刻，因此今后还请大家继续关注渐入佳境的UR篇!

（以下涉及本集的内容剧透，敬请留意。）

在这一集中，除了UR篇的新角色，我还写到了许多让人怀念的名字。事到如今，在妖精之舞篇里与桐人私下交易的火精灵居然会带着名字再次出现，我自己也很是吃惊。不过从下一集开始，ALO组应该也会陆陆续续地现身参战的。

UW部分，虽然只有名字登场，但也总算能稍微触及Alicization篇主要人物们的境遇了。尤其是最后，爱丽丝终于能够……这次写到这里就戛然而止了，但我打算在下一集将整合骑士团遭到封印的原因等内容一一阐明，也请大家期待一下!艾欧莱恩团长还是那样浑身是谜，我想也是时候把那层秘密的薄皮痛痛快快地撕下来了……

说到近况……这篇后记写于2020年10月，还看不到流行疫情好转的迹象，但我可以感觉到全新的日常生活正在一点一点地构建起来。人类的适应能力实在很强，但反过来想，许多行业的环境一直这么严苛（娱乐行业也不是与我毫无关系），今后可能还会造成更大的影响吧。SAO的世界里并不存在新冠病毒，或者是疫情早就平息了，我写着写着才愈发介意，桐人他们都没戴口罩啊……真希望能找到一个不过于乐观，也不会积聚太大压力的解决方法。

基于这样的情况……骗人的，其实是我自己的原因，这次的日程安排又是一阵兵荒马乱，给两位责编和abec老师都添了很多麻烦！下次我会努力不让大家等那么久的！各位读者，我们下一集再见吧！

（注：上述时间均为日文版的情况。）

2020年10月某日 川原砾